光文社古典新訳文庫

鏡の前のチェス盤

ボンテンペッリ

橋本勝雄訳

kobunsha classics

光文社

鏡の前のチェス盤　目次

ミーノへ

挿絵：セルジョ・トーファノ

鏡の前のチェス盤

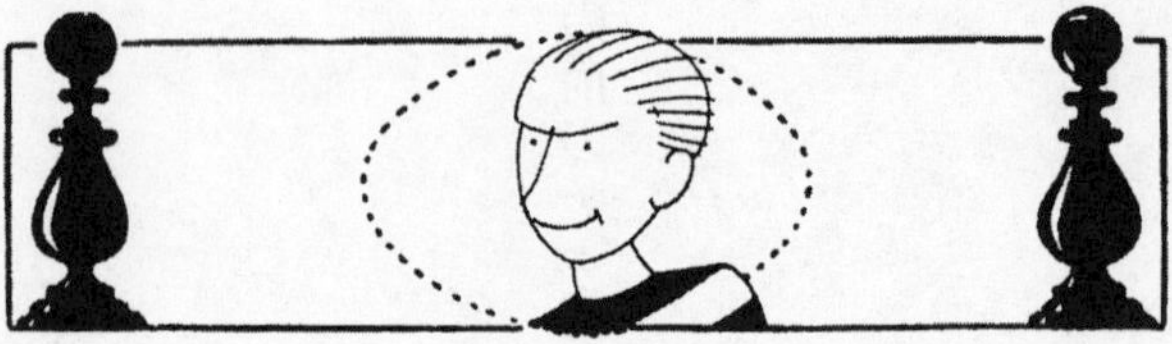

第一章　この物語の時代について

ぼくはどうしてもチェスを覚えることができない。

それは大問題だ、とチェスの愛好家からよく指摘される。チェスを指せない人間は物事をきちんと考えることができない、物事をきちんと考えられないと人生のトラブルを切り抜けられない、トラブルを切り抜けられない人は、みじめな暮らしをするしかないくだらない人間だ、とかなんとか。

ときどき、ぼくのことを心配してくれるチェス好きがいて、チェスを指せないのを信じられずに教えようとしてくれる。でも結局、ぼくが覚えられないので、残念がって言うのだ。

「きみは実際に頭が良くて、機転も利くし、りっぱな人物だが、どうしてチェスができないのか分からない。まるで駒を怖がっているようだ」

ぼくは黙っているが、実際、その人が気がつかずに真実を言い当てていることを分かっている。そのとおり、ぼくはチェスの駒が怖いのである。

というのも、ぼくはかつて人生で一度だけ（いまやっとその話ができる）、ゲームはしなかったが、チェスが関係する長くてややこしい事件に出くわしたことがあるからだ。ぼくが十歳のときだった。

だから、かなりというか、とても昔のことになる。どれくらいかって？　読者のみなさんがそれを気にされるなら、単純な計算をすればいい。ぼくのいまの年齢を紙に書いて、その下に十を置いて、引き算するだけだ。

その計算結果から、ぼくが十歳だったのは、ヨーロッパで戦争が始まったときよりずいぶん前だったことが分かるだろう。それで充分だ。どんな物語でも、大切なのは戦争の前か後かで、細かな違いはどうでもよいのだから。

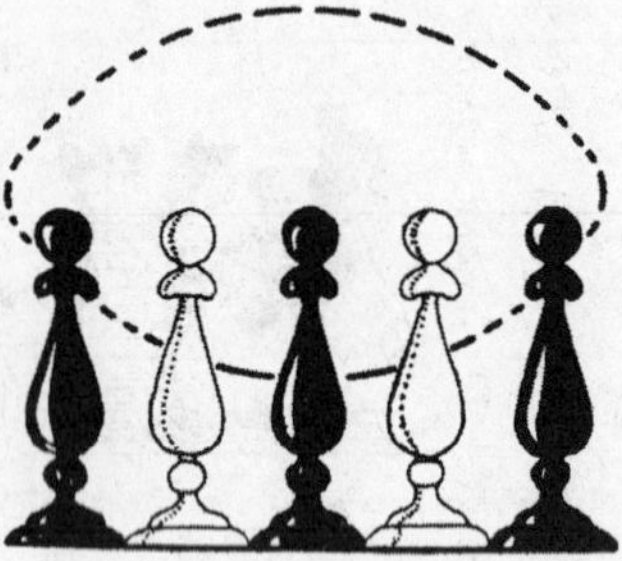

第二章　題名を説明する

さて、ヨーロッパで戦争が起こる前、はっきり言うとぼくが十歳だったある日、お仕置きとして、ある部屋にひとり閉じ込められたことがある。

どうして部屋に閉じ込められることになったのか、それをお話しするのはまったく無駄だ。なにしろ、覚えていないのだから。十歳の子供ならだれでもしでかすような失敗だった。ときには、もっと大人になって失敗することもあるが、そうなるとずっと深刻だ。あのときは深刻でなかったわけで、実際、なぜ閉じ込められたのかさえ覚えていない。そうそう、付け加えておくと、たった数時間のことだ。

大人たちはぼくをその部屋に入れると、こう言った。

「ドアを開けに来るまで、お前はここから出ちゃだめだ」

ぼくは思った。『もちろんさ、開けに来てくれなければ出られるわけないじゃないか』

それからこうも言われた。

「あの鏡を割らないように、気をつけなさい」

部屋には大きな鏡があった。壁に掛けられた鏡の下枠は暖炉の炉棚《ろだな》に接していた
（このふたつめの注意もずいぶん余計なものに思えた。だれだって、十歳の子供だって、鏡は割るためにあるんじゃないことくらい分かっている）。

最後の、三番目の注意はこうだった。

「それから、あのチェス盤にさわってはいけないよ」

たしかに、さっき言った炉棚の上に、駒が並べられたチェス盤があり、白と黒の駒がそれぞれのますに置かれていた。三十二の駒だ。知らない人のために言っておくと、チェスの駒は人の歯と同じ数、三十二個ある。

炉棚の上に置かれたチェス盤は、ちょうど鏡の正面にあった。そう、もう第二章に

……ある部屋にひとり閉じ込められることになった。

して、この物語になぜこんな題名がついているのか、説明が済んだというわけだ。

第三章　その部屋にあったものの一覧

部屋でひとりきりになると、ぼくは窓から顔を出して外をのぞいた。しかし、そこからはなにも面白いものは見えなかった。目の前の道はかなり狭くて、正面には、窓もポスターも劇場の宣伝もなんにもない、灰色の壁があるだけだった。窓を閉めて、鏡に近寄った。例の割ってはいけない鏡だ。ところが、自分の姿は見えなかった。あと何年かは無理だろう。じっと鏡を見ながら、反対側の壁に背がつくまで暖炉から離れてみた。しかし、そこから見ても鏡のなかに自分の姿は見えなかった。暖炉は高く、ぼくの背はずっと低かったからだ。

鏡は、すこし古びて、表面が緑がかっていた。そこにはもちろん、ぼくがもたれかかっていた壁が映っていた。部屋全体と同じ青い壁紙で、なにも掛かっていない。

思い返してみると、部屋にあったものはこれだけしか覚えていない。

鏡、

チェス盤、

ぼく。

せめて椅子一脚くらいあったかどうか、振り返ってみる。あったかもしれないが、覚えていない。つまり、この後、ぼくが体験した冒険――それをいまからすっかりお話しするつもりだ――が始まる前に、立っていたのか座っていたのか、それとも立ったり座ったりしていたのか思い出せない。現在のぼくだったら気にするだろうが、十歳の子供にとって、立っているか座っているかはまったく同じことだったから。

第四章　最初の異変が起きる

言ったように、その部屋には三つのものがあった。

ぼく、

鏡、

チェス盤。

ぼくは鏡を眺めた。鏡にはチェス盤が映っていた。

さっき言ったように、鏡は古びてすこし緑がかっていた。鏡に映った駒の像は、白の駒も黒の駒も本物よりずっと青白くて、輪郭がぼんやりしていることにすぐ気がついた。そして、しばらくじっと見ているうちに、鏡に映っている駒の像が、池や沼の水のなかに見える草や石のように、軽く揺れている気がしてきた。

ひとつ重要なことをまだ言っていなかった。暖炉の大理石の上に載った鏡は、わずかに前に傾いていたのだ。だから、鏡に映ったチェス盤と三十二の駒は、現実にある三十二の駒と同じ平面に載っているのではなくて、ゆるい斜面をよじ登っているように見えた。

その斜面から、映っている駒たちは、現実の駒であるそれぞれの相手を見ていた。白の王さまは白の王さまを、黒の女王さまは黒の女王さまをというふうに。上にいる駒たちは、高いところですこし斜めになって、下の駒たちを軽蔑して見下《みくだ》しているようだ。下にいる駒たちは駒たちで、見られるまま平気な様子だったが、その無関心な態度は、自分たちのほうがより鮮やかでくっきりしていて、完全に平らな面にしっかり立っているのを自慢しているように見えた。

もう一度背伸びをして、鏡に自分の体の一部でも見えないだろうかと試してみた。しかし無駄だった。さっき、部屋に椅子があったかどうか覚えていないと言ったが、きっとなかったに違いない。椅子があったのなら、その上に乗っていただろうから。背伸びをしながら、こう思った。

『あの鏡のなかには、この部屋にあるものすべてがある。青い壁と、チェス盤と、駒。だからぼくだってそこにいるはずだ』

とたんに、とても滑稽なことが起きた。

白の王さま――手前にある現実の駒ではなくて、向こう側にある、すこし青白い、鏡に映っている駒――が、鏡の面を通して自分の相手を眺めるのをやめ、ぼくのほうを振り向くと、すこし体を震わせてしゃべったのだ。

本当にぼくに向かって、まるでぼくが考えていることを読みとったように言った。

「もちろんきみはいるさ。この下にいる。きみもここへ来てごらん、そうすればきみが見えるよ」

あとになってそのときのことを考えてみると、すごく変な、ほとんど信じられないことだと思ったし、こう語っているいまでも信じられないことに思える。

でも、そのときはまったく変だとは気がつかなかった。ぼくは落ち着いて答えた。

「行きたいんですが、第一、どうすればいいか分かりません。それに、外から開けに来るまでぼくはここから出てはいけないと言われているんです」

向こう側の白の王さまはこう言い返した。

「ここにきみがいるというのは、ここにきみと同じような別人がいるって意味だ。つまりきみの像というか、そっち側にいる白の王さまとわたしのように、きみたちはふたりいるんだ。だから、もしきみがこっちに来ればきみの像がそっちに行くのは当然だと思えるがね。そうすればなにかあっても、だれかいることになるだろう」

ぼくは言い返した。「それなら、ぼくがそっちのぼく自身に出会えるわけじゃないんですね」

「そのとおり。それでも面白い旅になるだろうよ」

「そうでしょう」とぼくは答えた。「でもやっぱり最初の問題は残っている。そこへどうやって行ったらいいか分からないんだ。もしあなたが教えてくだされば……」

すると、白の王さまはぼくを厳しく叱りつけた。

「やる気さえあればなんだってできるさ」

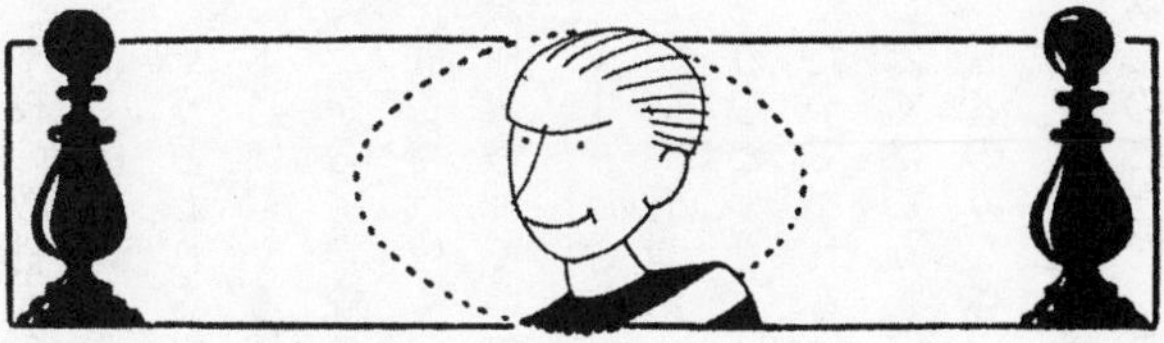

第五章　有名なやる気

やる気さえあればなんだってできる、王さまにそう言われたとたん、ぼくは一発ぶん殴ってやりたくなった。
そのわけを説明しよう。
その頃のぼくはまだ長い人生経験があったわけではなかったが、そのことばを嫌というほど言い聞かされていたからだ。
『やる気さえあればなんでもできる』と何度も言ったのは、
ぼくの両親、
両親の身近な親類、
両親と親類の友人たち、
そして先生たちだった。

学校の教科書や、プレゼントされた本のなかにも、そのことばは何度も出てきた。

ぼくはいつもそのことばに腹が立ったり、あるいは逆にひどく落ち込んだりした。

そう言われるたびに、言い返しこそしなかったが、心のなかでこう考えたのだ。

『本当に、やる気があればなんでもできるというのなら、こんなにも欲しがっているんだから、学校の向かいにある庭園のりんごの実だって取れるはずなのに。でも庭園を囲む塀はぼくの背より三倍も高いし、それに、塀の上には泥棒除けのガラスの破片が植えられていて、手が届かない。窓から空に飛び出して、海まで飛んで行けるはずなのに。お腹をこわさずに、戸棚にある果物の瓶詰めをぜんぶ食べられるはずなのに。この前、五つあった瓶詰めを二瓶食べただけでお腹が痛くなってしまってぜんぶ食べられなかった。時間をかけて勉強しなくても授業が分かるはずだし、いますぐ十八歳にだってなれるはずなのに』

ぼくはこうしたことすべてをすごくやりたかったのに、やれずにいたのである。

読者のみなさんは、やる気に関するこの有名なことばをぼくが勘違いしていたことにお気づきだろう。確かにそれはその通りだ。ぼくが正しく理解したのは、ずいぶんあとのことだ。この当時は、励ましとしてこのことばを使われても、むしろ落ち込む

……向かいにある庭園のりんごの実だって
取れるはずなのに……

ばかりだった。

　だから、いきなり白の王さまから面と向かってそう言われて、どんなにむっとしたか、お分かりだろう。鏡に映っていたかれは、ぼくの父親でもなければ、親類でも友人でもないし、先生でも、教科書でもプレゼントされた本でもない、ちっぽけな存在だった。だから、言ったように、王さまをぶん殴りたくなった。

　それでもぼくは我慢した。王さまに対する敬意もあったし、それに、かれを殴れば鏡を割ってしまう、鏡を割ってはいけないと言われていると気がついたからだ。

第六章　鏡の向こう側

ぼくは、（鏡に映っている）白の王さまに腹を立てて、プイと横を向いていた。
それからもう一度見ると、かれは笑い出した。
「どうした？　顔が真っ赤だよ」と尋ねてきた。
そう言われて、ますます顔が赤くなる感じがした。顔と頭が火照るようだ。
王さまは笑うのをやめて、優しくぼくを見つめていた。
怒りがだんだんおさまってきた。
すっかり落ち着いたぼくに向かって、王さまは言った。
「助けてあげよう。目を閉じて、ぎゅっとつぶっていなさい」

すぐに言うとおりにした。まぶたを閉じた。目の玉が痛くなるくらい強く。たぶんそのときひどいしかめ面をしていただろうが、それはどうでもいい。

そうしていると、まわりの音が聞こえなくなり、まるで静けさに飲み込まれたような気がした。それから、なんだか湿った冷たい空気に包まれるのを感じた。そして王さまの声がしたが、今度はずっと近く、ほとんど耳元で聞こえた。

「ほら、見てごらん」

目を開いた。

そこは広々とした平地だった。

ぼくのとなりに王さまが立っていた。さっきまで鏡のなかで見ていたのと同じ姿だったが、いまは背がずっと高くて、ほとんどぼくと同じくらいの背丈だった。

「仲間を紹介してあげよう」と王さまは言った。「黒の王さまだ。われわれはチェス盤上では敵同士だが、ここでは仲良しなんだ」

ここで、握手しようと黒の王さまが手を差し出した気がするのだが、本当のことを言うと、黒の王さまの手も、また白の王さまの手も見たかどうか、ぼくは覚えていない。あれから何年も経っているし、それに、あのときはひどく混乱していたのだ。

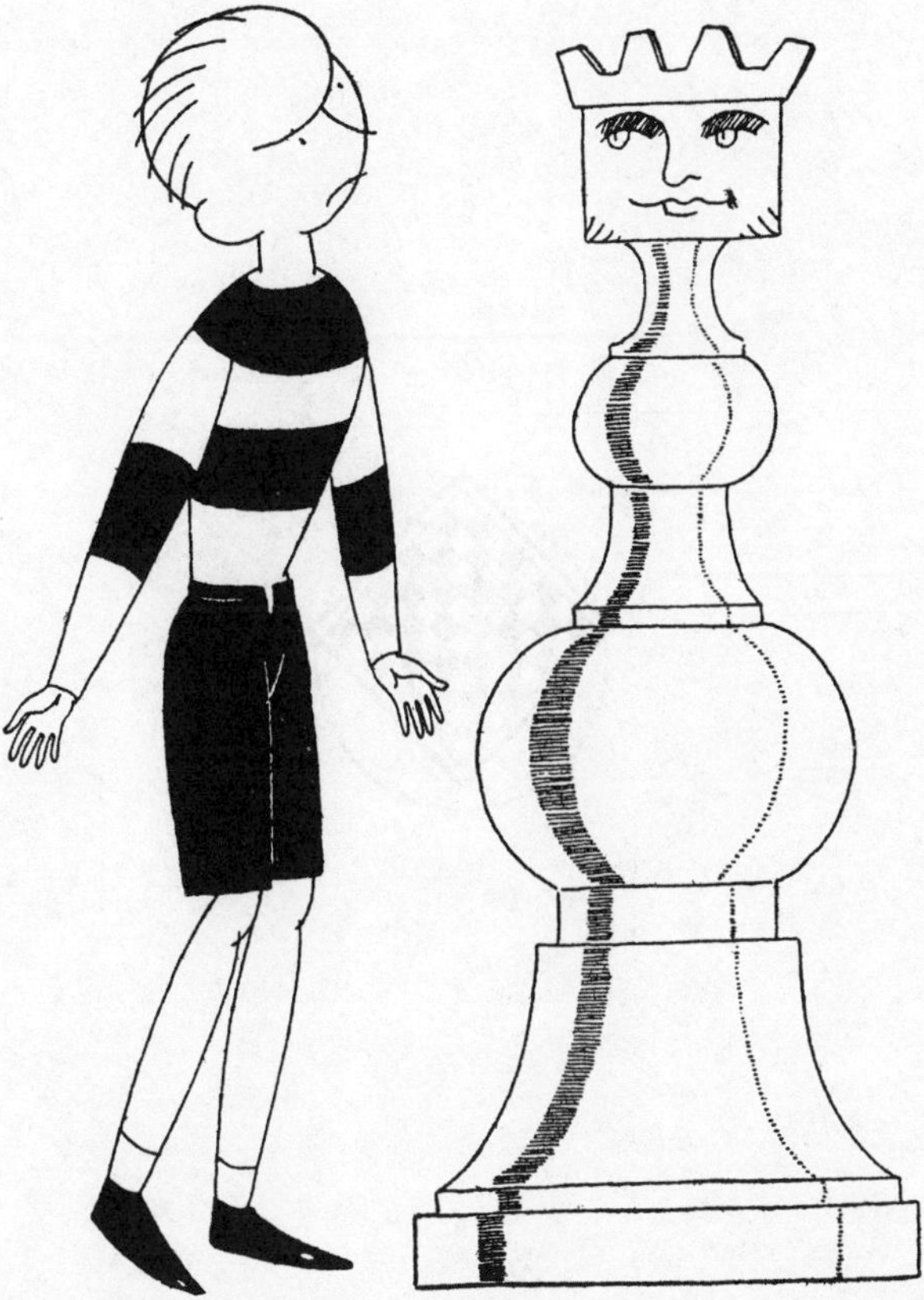

ぼくのとなりに王さまが立っていた。さっきまで鏡のなかで見ていたのと同じ姿だったが、いまは背がずっと高くて……

第七章　説明にならない説明

ぼくは戸惑っていたが、いろいろ知りたい気持ちのほうが強かった。

ここはどこなのですかと尋ねた。

「こっち側さ」と白の王さまは答えた。「鏡のこっち側だ」

ぼくは言い返した。「こっち側も、あっち側のような暖炉と青い壁のある部屋だと思ってたけど」

「もちろん、鏡を越えたすぐのところはそうなっているさ。青い壁までまったくいっしょだ。でも壁のあとは全然違う。もうわれわれはそのところを通り過ぎてしまったんだ」

「気がつかなかったよ」

「こっちの世界の歩き方は特別なのさ」

「でも、あっち側には、まだぼくがいるの？」と聞いてみた。

「説明してあげよう」と王さまは話し出した。「あっちにだれか人がいて、その人が鏡のほうを見ているときは、部屋のなかに見えるものすべてが鏡に映って見える。でなければ鏡はなんの役にも立たないし、ただの板ガラスってことになるだろう。でも、見ている人がだれもいなければ、映った像はその場を離れることができるし、鏡は休めるのさ」

「それじゃ」とぼくは言った。「鏡が休んでいるあいだは、鏡の前にものがあっても、鏡のなかにはその像はないの？」

「もちろん」

「そうなっているところを見てみたいな」

「それは無理だね。きみが見ていれば、きみという見ている人がいるのだから」

「分かった。でも、ぼく、ぼくは、いまこの瞬間に、あっちにいるの？」

「もちろんそうさ」

「でもそれなら、いまここにいるぼくは、ぼくじゃないの？　単なるぼくの像なの？」

白の王さまはあざ笑うように言った。

「きみだろうと、きみの像だろうと、どっちにしてもまったく同じことさ」

白の王さまのこの最後の返事には、納得できなかった。王さまは、ぼく、ぼくそのもの、本物のぼく、ぼく自身が、ぼくの像と同じことだと言ったのだが、そんなことは信じられなかった。この像の問題も、例のやる気の問題と同じように、何年もかかってやっと理解したことだ。ぼくはすこし不安だった。これからどうなってしまうのか、分からなかったからだ。このやりとりのあいだずっと、黒の王さまはなにも言わなかった。

第八章　人が集まる

この黒の王さまは白の王さまよりもずっと感じが悪かった。もっと威張っているように見えた。

しばらく三人とも黙っていた。ぼくは周囲を見回した。でも見渡すかぎりなにも見えない。あたりはずっと平地だった。とはいえ、現実の世界にある平地であれば、海のように美しいものだ。きれいな夕陽が見られ、空には青色と雲があり、ぼやけた地平線が大地を取り巻く柔らかい輪を描いている。鏡の向こう側の平地はそうでなかった。空は空のようではなく、どこまでも続く空っぽの空間だった。地平線も地平線のようではない。

しばらくあたりを眺めてから、ぼくは質問した。

「海はないの？」

「ないよ、残念だが」と白の王さまが答えた。

「いったい海でなにをしようというのだ？」黒の王さまが馬鹿にしたように言った。

本当に感じが悪かった。

「で、山は？」とぼくは聞いてみた。

「それもない」

「木は？　川はあるの？」

「なんにもない」と白の王さまが答えた。「空間しかないんだ」

「たしかに、空間は見えるよ！」もうかなりうちとけてきたので、そういう言いかたができたのだ。

さらに質問しようとしたとき、あたりがざわざわしてきた。気がつくと、いつの間にかたくさんの人に囲まれていた。どこからやって来たのか見えなかったが、急に近くに現れたのだ。どんな人たちかというのは想像がつくだろう。みんな、チェスの駒だった。かれらもまた、最初に見た王さまのように、駒がそっくりそのまま大きくなった姿をしていた。ざわざわとうるさいのが歩兵《ポーン》たち。兵士というよりも女兵士のようだ。春の空を飛びかうツバメみたいに金切り声を上げ、あちらこちらに散らばっている。小さな体で果てしないその空間を埋め尽くさんばかりに。足がない四つの塔《ルーク》――もちろん白黒二つずつ――がぴょんぴょん跳ねているのはとてもおかしかった。四人の僧正《ビショップ》は、四つの馬《ナイト》にまたがっていた。なぜか分からないが奇妙なことに、黒の僧正《ビショップ》が白い馬《ナイト》に、白の僧正《ビショップ》は黒い馬《ナイト》にまたがっていた。そうして馬《ナイト》にまたがったまま、輪になってじゃんけんをしていた。かれらについても、じゃんけんをする手やまたがる足を見なかったような気がする。思い返すたびに、それがすごく不思議なこととして記憶に残っている。最後に現れたのはふたりの女王さまだ。ちょっとぼくたちのところへやって来て、まるで合唱するように、ふたりいっしょに尋ねてきた。

「この人はだれなの？」

(『この人』というのはぼくのことだ)

「さあね」と黒の王さまが答えた。

白の王さまはとても丁寧に説明した。

「わたしの友達です」

四人の僧正《ビショップ》は、四つの馬《ナイト》にまたがっていた。

「あの世のものだわ！」やはり声を合わせて、ふたりの女王さまは叫び、離れて行った。なにを考えていたのだろう！

友達になった白の王さまとまたふたりきりになったので、ぼくはまた質問を始めた。「失礼ですが陛下」と切り出した。「この空間はすべてかれらのためにあるの？」

「かれらとはだれかな？」と今度は王さまが聞いてきた。

「かれらっていうのは、……つまり……あの……」

ぼくは口ごもった。どうやって先を続ければいいのだろう。言いかけたように『チェスの駒』呼ばわりするのは失礼かもしれないと思ったからだ。おそらくこの世界では、その人たちは、チェスの駒以上のなにかなのだろう。知りあったばかりの人と話をするときには、用心するに越したことはない。

ところが白の王さまは、ぼくの戸惑いなど気にせずに続けた。

「この空間は、もちろん、きみが見ているよりももっとずっと広い。どこまでも広がっているのだ。あちこちに、たった一度でも鏡に映った人たち全員の像があるのさ」

ぼくは仰天した。

「そんなことは考えもしなかったな。ぼくの家の鏡にそんな特別な力があるなんて」

「なにが特別なものか⁉　世界中の鏡はみんなそういうものだよ」と王さまはつぶやいた。

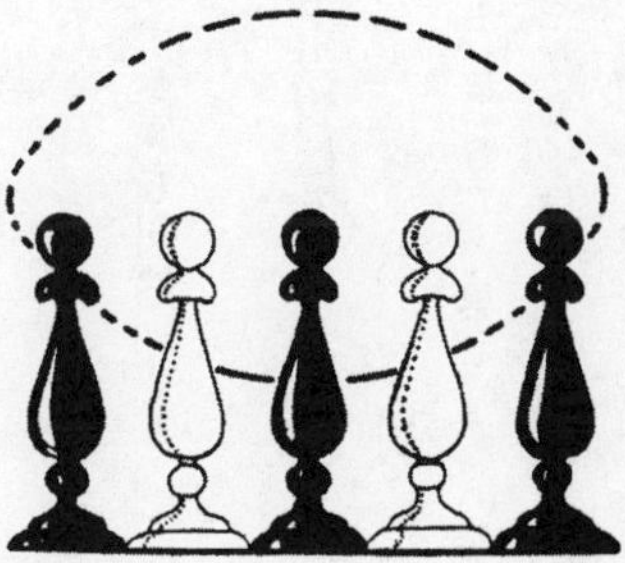

第九章　家族も同然

「世界中の鏡はみんなそういうものだよ」ぼくが驚いているのを見て、しばらく黙っていた白の王さまは話を続けた。「どんな鏡にも、こうした果てしない空間があるんだ。鏡をのぞき込んだ男や女や子供たち、そのみんなの像すべてがここに逃げ込んだまま残っている。人は、鏡で自分の姿を見て立ち去るとき、それで終わりだと思っている。しかし、そうじゃない。人のほうは、自分勝手にどこかへ行ってしまうと、もう鏡のことなど考えない。でもその鏡のなかの見えない空間には、その人の像が残される。そして世界ではいつかその人が死んで、最後の審判の日に復活するまでその肉体が消えているとしても、鏡のなかのその像は、おそらく永遠に残ったままだ。わたしは、百年前にこのきみの鏡に映った人と話したことがある。きみの鏡は古いものなんだ」

「そうだ」とぼくは答えた。「お母さんが子供の頃からこの鏡は家にあったって言ってた」

「あちこち旅をした鏡だ」と王さまは言った。「ここには、大勢の人の姿が映ったのさ！」

「その人たちの像に会えるかな？」おずおずと聞いてみた。

「もちろんさ。ちょっと一回りしてみようじゃないか」

ぼくたちは進み出した。進むとは言うものの、歩いている感じはしなかった。自分が動いているのか、もしかして周囲の風変わりな空間のほうが動いているのか、よく分からなかったのだ。それに、さっきも言ったように、平地はどこも同じように見え、丘もなければ野原もなく、どれだけ歩いたか分かるような地面の目印がなかった。しかし、すぐに——おそらく二、三秒か——ついさっきまで平地をすべて埋めているよううに思えたチェスの駒たちがひとりもいなくなったのに気がついた。その代わりに、ほかの人たちが目に入ったが、この人たちもチェスの駒同様、初めのうちは、ひどくごちゃごちゃしていた。一人一人の見分けがつくまでしばらくかかった。あちらこちらに、ひとりずつ、あるいは何人かで集まっている。ばらばらな動きをしているので、たえず変化しているように見えた。声が入り混じってよく聞き取れない。ふと、若い女性がぼくを見ているのに気がついた。

「こっちへいらっしゃい」と女性は言った。「わたしがだれだか分かるかしら？」

「いいえ、会ったことありません」

「わたし、あなたのおばあさんよ」

「ぼくのおばあさんだって⁉　失礼ですが、勘違いだと思いますよ。ぼくのおばあさんに会ったことはないけど、おばあさんというのはみんな、ちょっと年寄りの髪の白い女性でしょう。学校の友達のおばあさんなら、何人も見たことがあるから知ってます。でもあなたはとても若いもの」

女性は笑い出した。

「おばあさんだって、年をとる前は若かったのよ」

「そんなはずない」とぼくは言った。

すると女性の笑い声はさらに大きくなった。ぼくは、いっしょにいた白の王さまのほうを見たが、王さまは聞いていない様子だった。そしてぼくはもう一度そのきれいな女性を見た。彼女は笑いがおさまると、話してくれた。

「初めてあの鏡をのぞいたのは、わたしが二十二のときだったの。ちょうど結婚したばかりだった。あれは、わたしの新居にあった鏡なのよ。分かった？」

そんな話に、ぼくはそれほど興味がなかった。こう聞いてみた。

「ここでなにか見せてもらえませんか？」

この問いに女性はむっとしたようだった。

「なんですって！」と厳しく言った。「おばあさんに初めて会ったというのに、なにかほかのものを見に行くだなんて！　あなたには家族愛というものがないのかしら」

「すいません」とぼくは弁解しようとした。「でも、分かってください。ここに来たついでに、この土地の珍しいものをなんでも見てみたいのです」

「それなら、『旅行協会《ツーリング・クラブ》』のガイドブックでも持ってくりゃよかったんじゃないか」

すぐ後ろから、皮肉っぽい大声が聞こえた。

あわてて振り返った。背の低いずんぐりした男が目の前にいた。人相の悪い男だった。

「わたし、あなたのおばあさんよ」

「あなたはだれですか?」とぼくは尋ねた。

「おれは泥棒だ」と男は答えた。「妙な目に遭ったのさ。それまでは、まあまあうまく暮らしてたんだがね……」

「どういうことです?」

「つまり、捕まらずにいたってことさ。ある日というか、ある夜、夏の夜だったが、このご婦人のお宅に入り込むことができた。家族みんな別荘に行っちまってたんでね。食器から宝石から、いろんな品を一切合切、ひとまとめにしてしまって、次に、それまでのぞいてなかった部屋に入ってみようと思ったときだ。夏の夜ってのはひどく明るいもんでね。おれはちょっと焦っていた。仕事にかなり手間取っていたし、下では仲間が待っていたんだ。それで、薄明かりのなかをどきどきしながら部屋に入ってみたら、いきなり目の前に汚い顔したごろつきがいて、こっちをにらんでいやがる。それを見たとたん、おれは包みを抱えて窓に駆け寄り、逃げ出した。下まで降りたところで生け垣の根元にうずくまって、かなりの時間じっとしていた。なんにも起こらない。それでだんだんおれも安心した。でも、落ち着いたとたんに、自分の馬鹿さかげんに気がついた」

「……いきなり目の前に汚い顔したごろつきがいて、こっちをにらんでいやがる」

「なんで？」面白くなってぼくは尋ねた。

「まだ分からないのかよ？　でもそのときのおれはすぐに分かったんで、悔しくて自分の頭を殴ったたね。薄暗がりで一瞬見えたのは、おれをびっくりさせたのは、だれでもありゃしない、おれ自身だったのさ。鏡のなか、あのろくでもない鏡に映ったおれだった。そして、生け垣のところでぐずぐずしているうちに夜があけてしまい、そこを出たときには仲間は見つからなくて、捜してうろうろしているあいだに、仲間どころか警官隊に出くわして、包みを持ったまま捕まったってわけさ。何年もの刑務所暮らしを言い渡されて、刑務所を出たあとはアメリカに行っちまった。いまでもおれはあっちにいるよ」

「いったいどうして⁉　あなたはアメリカにいるだって⁉」

「そうさ、おれっていうか片方の、なんて言うのかな？　つまりおれ本人はね。このおれは、あのろくでもない鏡の空間のなかに残った像なのさ」

「そう、覚えてるわ」と若い女性は言った。「それは、わたしがもうすこし年をとって、すでに子供がふたりいたときだった。家では、しばらくその事件の話でもちきりだったわ」

「あれあれ」と夢中になってぼくは叫んだ。「ぼくの家でもそうだよ。お母さんが子供の頃の話をするときは、決まって『あれは、おばあさんの家に泥棒が入った年のことだわ』って言うもの」

「そいつがおれだよ！」と得意げに泥棒は言った。

それから、ぼくたちのほうを見て続けた。

「みんな家族も同然だってことで、散歩でもしようじゃありませんか。お手をどうぞ、お嬢さん」

最後の誘いのことばは、ぼくのおばあさんだと名乗る、うら若い女性に向けられていた。てっきり断るものだとぼくは思っていたが、とんでもない。若い女性は泥棒の手をとると、ふたりともにこにこしながら歩き出した。ぼくと白の王さまはふたりのあとに続いた。

第十章　仲間が増える

なにをするのか、つまりその奇妙な人たちがなにもない世界でどうやって生きているのかを知りたくて、ぼくはわくわくしてきた。

そこで、なにかが起きることを期待したが、なにも起きないので、思い切って王さまに言った。

「なにかしませんか？」

王さまは戸惑った様子でぼくを見ると、こう言った。

「そうだね」

でも、明らかに王さまは困っていた。

しばらくしてこう付け加えた。

「だれか来るのを待とうではないか」

どうしてそんなに仲間が必要だったのか、それは分からない。だがとにかく、王さまの願いはすぐに叶った。まもなくぼくたちのグループにほかの人たちが加わったからだ。まずは背が高くがっしりしたふたりの男。ぼくの父親の引っ越しかなにかのときに家財道具を運んだ作業員だ。大きな鏡を運んでいる作業中に、姿が映ったのだ。そして厚化粧の年取った女中がひとり。それからオペラ歌手らしい服装をした若い男女ふたりがやって来た。このふたりの話には、どこかおかしな、あいまいなところがあった。かつて、招待されて行っただれかの別荘にこの鏡があったのだそうだ。そして、どちらが背が高いかを見るためだろう、いっしょに鏡に姿を映して見るのが癖になったらしい。実際、ふたりの身長はほとんど同じくらいだった。あるとき、鏡に映っているところに、三番目の人物がいあわせた。その人物は、なにか特別なわけがあって、ふたりがそんなふうにいっしょに鏡に映っていることによっぽど腹が立ったらしい。性悪で、しかも腕っぷしが強かったので、怒ってふたりを捕まえると、窓から その下の湖へと投げ込んでしまった。こうしてふたりは、どちらが背が高いのか分からないまま、死んでしまったのだ。

そして厚化粧の年取った女中がひとり。

読者のみなさんもお気づきのように、その物語には理解できない部分があり、ぼくもできることならそれについて説明してもらいたかったのだが、ぼくのおばあさんだという女性が、さえぎるように口を挟んだ。

「それは昔の話、鏡がうちの家に来る前の、別の時代の話だわ」

つまりこの女性は、家とか家族にひどくこだわっていて、そのふたりをよそ者扱いしていた。それにひきかえ、泥棒とは仲良くしていた。女性のそうした態度はとても変に思えたが、旅先でそんなことにいちいち驚いてはいられない。

あらためて人数を数えてみると、これで九人になっていた。少なくともいまのところは、ほかの人がやって来ないのが、ぼくにとってはありがたかった。新しい人に会って身の上話を聞こうという気をなくしていたからだ。結局は、どれも昔の話だし、すでに分かったように、みんなたいして事情を知らなかった。ぼくとしては、さっきも言ったように、この人たちがなにかするのを見てみたかった。そこで、ずっと目を離さずにいた白の王さまに向かって、前にも言ったお願いを繰り返してみた。

「これで九人になったから、なにかしましょうか？」

今度は王さまも我慢できずにむっとしたらしい。

どちらが背が高いのか分からないまま……

「いったい、なにをきみはやりたいのだね？」

第十一章　王さまの思いこみ

ぼくは王さまに向かって言ってやった。

「ぼくから見ると」とぼくは言った。「あなたたちは怠け者ですね」

「どうしてわれわれが怠け者なんだ？」と王さまはおとなしく尋ねた。

「だって、なにもしないんだもの」

「それじゃあ、なにをすべきだというのかね？」

王さまのこの鋭い質問に、ひどく戸惑った。すこし考えてからこう答えた。

「ぼくが知るもんですか。みんながやっていることでしょう。

生活費を稼ぐとか、勉強するとか、将来について考えるとか……」

王さまは笑って答えた。

「そう言う前に、みんなを見てごらん」と言って、すぐ前を歩いて行く仲間を指差した。「生活費を稼ぐといっても、その必要がなかったら？　われわれは食べもしないし、ごらんのとおり持ち物もない。本すら持っていないのに、なにを勉強したらいいんだ？　ここには昼も夜もないし、身を守るべき厳しい天気も、植物や動物のような、眺めて楽しむ自然もない。未来だってない。人間の未来というのは年を取ることだが、われわれは年を取らないのだから。われわれは、いつまでも、初めて鏡に映ったときの年齢のままなんだ。したがってわれわれは永遠なのさ。すくなくともその日が来るまでは……」

「その日が来るまでだって？」

王さまは声を低めて、謎めいた話し方をした。

「わたしが思うに、われわれの鏡が割れたりしたら、その時はここにいるすべての像が消えてしまうだろう。絶対にそうなるかは分からないが、われわれはそう考えている」

ぼくは指摘した。「そういうわけだから、鏡を割るのは縁起が悪いって言うのかな？」

「そうだろうね」

「こうして無駄になにもしないで、ただ生きているだけで飽きたりしないの？」と尋ねた。

「たまにはね。でも、みんな自分をとても誇りに思っていて、それぞれの相手、つまり向こう側の人間のことをある意味で見下している。そして、鏡が割れるんじゃないかといつも気にしている」

このことばに、あたりはいきなり陰気に静まりかえった。場の空気が急に暗く冷たくなったように感じられた。かれらの虚しい暮らしを思うと、その世界が恐ろしいものに見えてきて、ぞっとした。

その瞬間、あれこれ知りたい気持ちは消え去って、ぼくはそこからさっさと立ち去って、閉じ込められていた部屋へ戻りたくなった。元いた場所、向こう側の世界へ帰りたかった。向こう側には、すべき仕事もあれば、昼と夜もある。木も生えているし川も流れていて、すべてがある。そう言いかけて、王さまが哀れに思えてきた。

ゆっくりと王さまのほうを振り返った。

驚いたことに、王さまはすっかり穏やかな顔つきに戻っていた。

そこで急に、尋ねてみたくなった。

「どうして、あなたがたはものを持っていないんだろう。テーブルや椅子、ソファーや家具だって、それに花や木だって、この鏡にたくさん映ったはずなのに！」

王さまは否定した。「いや、そうじゃない。ここには、鏡で自分を見た者の像だけが残るのだ。つまり生きているものの像だけがあるのさ」

「それなら猫もいるの？」とぼくは尋ねた。「犬は？　ほかの動物は？」

白の王さまは戸惑っていた。

「実を言えば、われわれのところで動物を見かけたことはない」

「そうか、分かった」とぼくは答えた。「何度か、うちの猫を鏡の前に連れて行ってみたけど、向こうに猫がいるような反応をしたのを見たことがない。まるで、なんにも見えてないようだった」

「そんなものだろう」

そこで、さらに厳しい反論を思いついた。

「でも、それなら……」と言いかけてとっさに口をつぐんだ。今度もやはり、失礼なことじゃないかと用心したからだ。王さまは励ましてくれた。

「さあ、遠慮しないで言ってごらん」

ぼくはどうにか勇気を奮って、疑問をぶつけてみた。

「ものの像は残らないとおっしゃいますが、あの、馬鹿なことを言ったらごめんなさい、チェスの駒というのは、言ってしまえば、ものではないの？」

王さまはあっけにとられたように、ぼくの顔をのぞき込んだ。そして急に笑い出した。腹の底からの大笑いで、そんなにも心から笑う人をぼくは見たことも聞いたこともない。脇腹を押さえて、全身を震わせていた。だんだんその笑いにつられて、ぼくも愉快な気分になって笑い出し、涙がこぼれるほどだった。

みんなは（言ったように、ぼくたちよりすこし前を歩いていたのだが）、ぼくたちふたりが大声で笑い転げているのを聞いて、そのうちのひとりが叫んだ。

「いったいあの馬鹿ふたりはどうしたんだ？」

それを聞いてぼくはちょっとむっとしたが、王さまは高笑いをやめて、こう言った。

「言わせておくがいい。かれらは少々神経質なんだ。きみにはほんとに笑わせてもらった。まあ、きみが悪いわけじゃない。人間たちはみんな高慢で無知で、きみたち子供も高慢で無知に育てられている。なにしろ、われわれチェスの駒こそが森羅万象で一番重要な被造物、つまり永遠に存在する唯一の被造物であることさえ知らないくらいだからな」王さまは興奮して話し続けた。「どういうことか、教えてあげよう。まず知っておくべきなのは、チェスの駒が人間よりもはるかに古くから存在していることだ。チェスができて何世紀も何世紀も経ってから、人間が生まれた。人間は歩兵《ポーン》のようなもので、かれらなりの僧正《ビショップ》や王《キング》さまや女王《クイーン》さまを持ち、われわれの馬《ナイト》に似た馬を飼っている。さらに人間は、われわれがするように塔《ルーク》を建てた。それから、ほかにたくさんのものを作り出したが、それらはみんな余計なものさ。人間の世界で起きること、とくに歴史で勉強するような大切なことは、われわれチェスの偉大な試合をでたらめに真似たりごちゃ混ぜに変えただけに過ぎない。われわれは人間の模範であり、支配者なのだ。さっきわたしがきみに言った、鏡が割れると消えてしまうという話は、チェスの駒以外の像のことで、わたしはかれらのことを心配していたのさ。われわれは本当に永遠なのだから。世界を実際に支配しているのはわれわれだ。ちゃんとした存在理由と理想を持っているのはわれわれだけなのだ」

……にかわを含めて、代金は合計一リラ七十五だった。

王さまは一気に語った。

かわいそうな王さま！　ぼくは王さまの思うようにさせておいた。その場では言わなかったが、以前、頭がもげた馬《ナイト》と王冠が取れた王さま《キング》を大工さんに修理してもらいに行ったことがあった。大工は木切れをふたつ使って、重要で永遠だというその被造物二個を元の姿に戻してやった。にかわを含めて、代金は合計一リラ七十五だった。

第十二章　ダンスとけんか

読者のみなさんは覚えておられると思うが、このときかなりの人数が集まっていて、ぼくは、かれらがなにかをするのを見て、その不思議な場所でどんな暮らしをしているのか知りたくてうずうずしていたのだ。それから、白の王さまの話を聞いているうちにその気持ちは薄れてきた。

それでも、白の王さまの説明が終わったところで、ぼくと王さまは歩を早めてほかの仲間にすぐ追いついた。覚えていない人のために言っておけば、ぜんぶで九人だ。

ぼく、

白の王さま、

おばあさん、

おばあさんの泥棒、

ふたりの作業員、

年取った女中、

そして湖の男女。

王さまはみんなに向かって言った。

「スポーツでもしようか」

「えっ」とぼくは思わず大声を出してしまった。「なんのスポーツができるんですか?」

王さまは説明した。「もののいらないスポーツだよ。たとえば、ダンスとかレスリングのようなスポーツだ」

そこで、みんなは立ち止まった。王さまはまたぼくといっしょに脇に下がって、ほかの七人はダンスのようなものを始めた。最初見た感じではとくに珍しくはなかったが、そのやり方はとても愉快だった。初めに、湖の若い男女が、昔の人らしく、普通のメヌエット[1]を踊り、ほかの人が手拍子をとった。しかし数拍後には、おばあさんと

……作業員のひとりが、おしろいをつけた老女中をつかんで放り投げた。

その泥棒がふたりのあいだに入って、別のダンスを踊り出した。民謡のフルラーナ[2]のように思えた。このダンスは素早い動きで、湖のふたりのメヌエットはかなりゆったりとしていた。二組は、それぞれ違う踊りをしながらお互いに助け合っていた。つまり、おばあさんと泥棒は湖のカップルのためにゆっくりとしたメヌエットを口笛で吹いてやり、湖のカップルはお返しにおばあさんと泥棒のために素早いフルラーナをくちずさんでいた。あとになってぼくは音楽を勉強したとき、まったく違う踊りを同時に演じるこの四人の音楽を再現しようとしたが、うまくいかなかった。どうやら鏡の向こう側では、和音とリズムの感覚がまるっきり違っているらしい。しだいに四人の踊り手の動きは速くなり、最後には二つの踊りがいっしょになって、四人が輪を作って激しいジロトンド[3]へ変わった。もうだれがだれだか、どんな動きをしているのかも見分けがつかなくなるほど速くなって、ひとつなぎの輪がじっと静止しているように見えた。すると、それまで横にいた作業員のひとりが、おしろいをつけた老女中をつかんで放り投げた。女中は、迫撃砲から発射された弾みたいに大きな弧を描いて、踊りの輪の中央に落ちた。すると、彼女自身もすごい速さでくるくると回転し始めて、円のちょうど中心にピン留めされた点のようだった。

するとふたりの作業員はまず、奇妙なリズムでぎこちなく飛び跳ねて、まるでその姿は人というよりも熊みたいだった。それからだんだん熊からライオンに見えてきた。取り憑《つ》かれたみたいに吠《ほ》え出したからだ。そしてうなりながら雄牛のように頭を低く構えて左右に分かれると、踊りの輪の中心に向けて突っ込んだ。それと同時に踊りの輪は崩れて、輪になっていた四人——おばあさん、泥棒、湖のカップル——は、あちらこちらで仰向けにひっくり返って両脚を宙に突き出し、叫んでいた。すると、作業員たちは、あの不運な女中をふたたび放り投げた。彼女も鷲《わし》みたいに金切り声を上げて、ぼくの足元にひっくり返った。みんなが叫んでいると、ふたりの作業員は、レスリングのようなボクシングのようなとっくみあいを始めた。互いの腰をつかんで、額をぶつけあい、相手を地面に投げつけた。蛇みたいに体を巻き付けたり、怪我《けが》をしないのが不思議なほど強烈に顎を殴ったりした。スポーツの技だけでなく、蹴りや平手

1　フランスの民族舞踊に由来する、ゆっくりした三拍子の舞踊曲。
2　北イタリアのフリウーリで生まれた、速いリズムの舞踊曲。
3　わらべ歌を歌いながら輪になって回る子供の遊び。

打ち、張り手といった反則技も含めて、あらゆる種類の攻撃を混ぜていた。男たちは、崩れた塔のように地面に倒れ込んだかと思うと、次の瞬間にはサッカーの試合のボールのように高く飛び上がった。最高潮になったところで、ふたりは動くのをやめた。目の前にいるふたりはぼんやりとしてだるそうに見えた。

「お疲れですか？」とぼくは尋ねた。「痛くはありませんか？」

「とんでもない」とふたりは答えた。「疲れもしないし、ちっとも痛いとも感じない。だから面白くないのさ」

王さまがぼくを見てささやいた。

「わたしが言ったとおりだろう！」

その人たちのことがこれまでになくかわいそうに思えてきた。

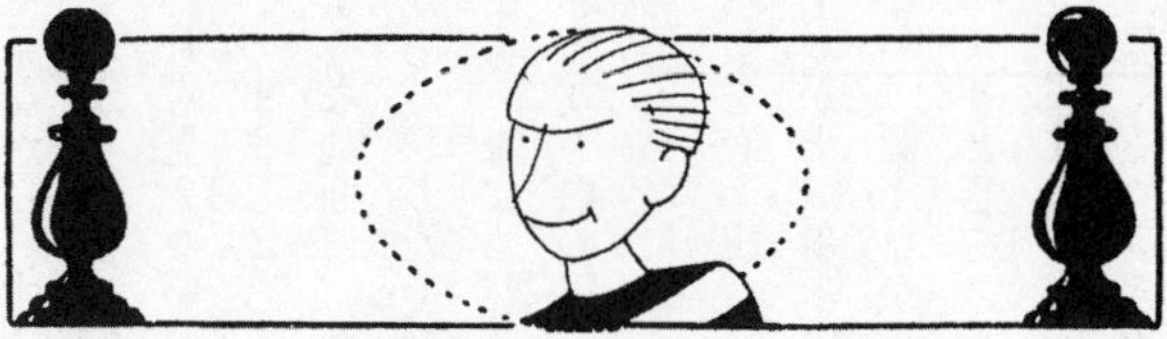

第十三章　探検

みんなが地面に倒れ込んで、これ以上ないくらい退屈な様子で空を見上げていた。だれも口をきかない。しばらくしてぼくは退屈してきた。

自分で自由にあたりを歩き回ってみたくなった。白の王さまがそこにはなにもないと教えてくれたけれど、なにもないその世界に、なにか見るべき面白そうなことがあるのを期待していた。

数分間そのまま待っていた。だれもぼくを見ている人はいなかった。そのへんをうろちょろしてみた。なにもすることがないみたいにあたりを見回しながら。そうやってみんなの姿を横目で見ながら、すこし離れてみた。

それから、まっすぐに素早く歩き出した。ちょっと行ってから振り向いてみた。もうだれも見えない。それでは進んでみよう。

そのまましばらく進んだが、依然としてあたりにはなにも見えてこない。どこも同じような地面に、わずかだがくっきりと、自分の足跡が残っているのに気がついた。だから、戻りたくなったら、来た道を簡単に戻れる自信が持てた。

でも、なにも見えないまま進んで行くのは無駄なように思えてきた。こう考えた。

『わが友、白の王さまは正しかったんだ。歩いてみても無駄骨折りだ。あと百歩歩いたら帰ることにしよう』

歩数を数え出した。

十歩か十二歩歩いたところで、なんだか進み方が妙だと感じた。でもなぜだか分からない。数えながらさらに前進する。確か、三十五歩くらいのところで、その印象がはっきりとしてきた。そうだ、坂をのぼっている気がするのだ。

立ち止まって前を見た。なにもない。地面はやっぱり平らで、どこもずっと同じように見える。歩き出すと、上り坂の感じは続くどころか、強くなった。ぼくはまた止まって向きを変え、足跡に沿って何歩か戻ってみた。すると足取りはずっと軽く、楽に降りて行ける。たしかにくだっている。また回れ右をして歩き出すと、力がいる。のぼっているのだ。

間違いない。まったく平らに見えるけれど、ここは上り坂なのだ。そんなに急ではないが、感じられるくらいの坂になっている。なぜそんなことになるのか説明はつかなかったが、おかげで前に進もうという気になった。なにかすごい発見があるかもしれないと期待した。

坂道は数分間続いた。それから、足取りが前のように軽くなったのを感じた。そのあたりの空と地面もやはり空っぽで、単調でなんの変化もなく、どこもかしこも静かだ。

ところが突然、静けさのなかに、ほとんど聞き取れないくらいのかすかなざわめきが聞こえる気がした。耳をすませる。かすれたささやき声のようで、それが小さい音だからなのか、それとも遠いところから聞こえてくるからなのか分からない。耳をすませ、注意してさらに前に進んだ。

ざわめきはかなり大きくなってきた。そして歩き続けながら、そのなかにいくつかの違う音が聞き取れるようになった。進むにつれて大きくなっていくのに気がついたからだ。まだはっきりとはしないが、たしかにそれぞれ違う音だ。高い声や低い声が混じってとぎれることなく続いていた。震えたり、うなる音がからまりあってぶつかっていた。

それが続いて、それぞれの音がはっきりした形をとるようになり、ひとつの音がはっきりと聞きわけられるようになった。森の枝がそよ風にざわめく音がはっきりと聞こえてきた。

目には見えない森のなかにいるのだろうか？

慎重に進んだ。なんの障害物もない。そして、そのざわめきは止みはしないが、だんだん弱まっていき、今度は別の音、川のような、水の流れる心地よい音が前に出てきて、大きくなった。その水音は、川がすぐ足元を流れていて、近くの水が大きく音を立て、そしてしだいに遠くへ消えて行くような、複雑なものだった。橋の上を通っているのではないかと思った。落ち着こうとして、一休みした。

するとその奇妙な音は広がって、より広く大きくなり、巨大な息吹、リズムのある呼吸のように聞こえた。どこかで聞いたことのあるリズムだと思ったけれど、はっきりとは理解できなかった。聞きながら、前に進んだ。それでもまだなにも見えないまだ。急に立ち止まった。海辺にいる気がしたからだ。ほとんど穏やかな海で、さざ波が打ち寄せて、砂と砂利の上に広がって吸い込まれていく。そこに立ち止まって、青い色を探して懸命に見渡した。無駄だった。ぐるっと周囲を見た。すぐに違う和音が聞こえた。とぎれずに長く続くうめき声で、ちょうど小さな岬の岩場に吹きつける風のような音だ。

しばらく、目の前にきっと海が広がっているに違いないと思っていた。しかし、どうして海が見えず、前も横も殺風景な平面が続いているのだろう？　なにも見えていないのに、どうして音だけの自然を感じるのだろう？

急にあることを思いついて怖くなった。もし、こんなふうに見えないもののなかを歩いていたら、そのうち突然、谷間や川や、それこそ海に落ちてしまわないだろうか。本当にそこに海があるとしたらどうなるだろう？

ぼくはしばらくためらっていた。

振り向いた。自分の足跡がまっすぐに長い線になって、遠くへ続いていくのが見えた。それで安心した。帰り道はいつでも見つかる。

そして、海の音がする方向に向き直った。気をつけながら何歩か進んでみることにした。もし、海なら、どこかで濡《ぬ》れた感じがするだろうし、少なくとも足の下の地面が崩れるだろうから、そのとき急いで足を戻して、後ろへ引き返せばいい。

とても慎重に数歩進んだ。しかし、なんの発見もなかった。むしろ、すぐに、海岸——つまり海岸を連想させた物音——は、遠くへ離れていき、どこか脇へ引き下がるような気がした。その音自体、形を失って、その場所を埋めているいろんな音の混合物に溶けこんでいった。

それでも、こうしてまたどんどん進んで行くうちに、また新しい感覚に襲われた。たしかに、自分の力でちゃんと進んでいるのだが、だんだん進む方向が変わっていくようだ。そして、足の下の地面自体が、一定の方向へそっと導いてくれる。

そのことに気がついたとたん、すっかり安心して身を任せた。これまでうまく行っていたのだから、ぼくの冒険のこれから先についても恐れることはないと思えたからだ。

第十四章　風景

この変わった歩き方はあまり続かなかった。おとなしく、いわば地面が道を指し示すままにたどっていた。すこしだけ、また微妙に上り坂になったようだ。それから左へ向くように引きつけられ、そしてすぐに止まるようにし向けられた。そこで立ち止まった。

すると、しだいに前方の地面から、柔らかな霧がわき出るのが見えた。キジバトの胸のような明るい灰色だった。低く立ち込めた霧の層は低く漂ったまま、どこも同じように平らに広がって、湖の水面のようだ。

霧はぼくのところまで迫ってきてはいなかった。霧とぼくのあいだに、なにもない空っぽの部分が残っていた。じっと目を凝らすと、前方の霧はかなり深いに違いない。その空っぽの部分の向こうに広大な窪地《くぼち》があり、霧ですっぽりと埋め尽くされているように見えたからだ。

それから霧が晴れて薄くなり、すこしずつ見通せるようになった。霧が消えたら、物音を聞いたあの川や森や海が眼下に見えてくるだろうとぼくは期待していた。ところが、裂け目が広がるにつれて最初に見えてきたのは、ぼんやりしたいくつかの形だった。霧が晴れたのでそうした形が見えるようになったのか、それとも霧自体がばらばらになったり固まったりしていろんなものの形になっているのか、なかなか分からなかった。

その後になると、それらの形が本当にものだと分かった。霧は完全に消え去っていた。すべてがくっきりと澄み渡って見えた。その大きな窪地は、ぼくがいた地面よりもずっと下にあって、練兵場のように区割りされて、さまざまな物体があった。いろんな種類の家具、椅子、小テーブル、棚、整理ダンス。それにカーテン一式。花瓶に生けられた花束があり、花瓶は背の高いものから、低いもの、ほっそりしたもの、太いものまでいろいろだ。クッション、とても豪華な壺《つぼ》の数々、それに何冊もの本、ヤスリのとなりに金づちや工具類がある。それから洋服掛け、いろんな形のブラシ、櫛《くし》、小さなガラス瓶、化学実験室で見かける蒸留器具、女中が家具の埃《ほこり》を払うのに使う羽箒《はぼうき》が何本もある。

いま、ぼくはこれらのものを思い出すままごちゃごちゃと並べている（これ以外にも、忘れてしまったものがあった）。しかしあそこでは、こうしたものがある秩序に従って置かれていて、ぼくはうまく説明できないが、たしかにそれなりの規則があった。言ってみれば、同じ種類がそれぞれまとめて置かれている倉庫や店のようではなかった。といって、すべてがいい加減に突っ込まれていて新品でさえ古びて見える物置のようでもない。家のようでもない。もしこれが家なら、ものはそれぞれ用途に従ってその場所に置かれているはずだ。たとえば、インク壺《つぼ》はいつも机の上の右側にあり、ペンはそのそばにある。クッションは長椅子の上の左右に置かれ、おしろい入れは鏡台の上の香水瓶のそばにある。その世界では、そういうふうに置かれていなかった。説明のために言うならば、ある意味、野原に木や岩があるみたいに存在していたのだ。なぜなのかは言えないが、生まれつきそこに置いてあるみたいに、その場にきちんとおさまっていた。まるで生きているように全体が不思議に調和していて、見ていて気持ちがよかった。そう、一種の風景、樹木のような自然のものではない人工物で作られた風景のようだった。

ぼくがびっくりして眺めていると、あの複雑なざわめきがずっと聞こえているのに気がついた。ざわめきは止んだわけではなく、思いがけない光景に気をとられていて、気がつかなかったのだ。ざわめきは、まさにその下のほうから、その奇妙な景色から聞こえてきた。かなり小さくなってしまったが、注意して聞くと、――とても繊細なつぶやきだったが――梢《こずえ》や風、せせらぎ、海辺の物音を聞きわけることができた。すぐにその物音はさらに変化した。ささやいたり、こすれたり、ぶつぶついったり、うなったりする声が、はっきりと区切りのついた単語になろうとしているかのようだった。聞いたことのない、とても優しい言語のことばに似ていた。

好奇心をそそられて、その窪地との境になっている狭い部分を思い切って越えてみた。そこへ簡単に降りて行ける地点があるかどうか確かめようと、向こう側をのぞき込んだ。探していると、鋭いぶっきらぼうな声が急に聞こえてきて、びっくりして凍りついた。その声はこう言ったのだ。

「だめだ。それ以上向こうに行ってはいけない」

第十五章　またひとり王さまが登場する

　ぼくはびっくりしてその場に釘付《くぎづ》けになり、しばらく動けなかった。それから不思議に思って、あわててものがあるほうを見た。そっちから声が聞こえてきたような気がしたからだ。しかし、だれも見えない。その窪地《くぼち》の縁から身を乗り出してみた。同じ声がもっと近くから聞こえた。

「行ってはいけないと言ったのだよ」

　その声と同時に、それまで注意して見ていなかった隅のほうに固まっていたよく分からないものの集まりのなかから、ひとつのものが飛び出してきて、ぼくのいる窪地の縁にいきなり飛び上がった。そしてすぐそばまでやって来た。

それはマネキンだった。籐《とう》でできたマネキンで、人と同じ大きさで、腕も頭もなく、お針子が婦人服を仕立てるときに使うようなものだ。

ぼくは飛び上がって一歩下がった。マネキンはこっちにすこし身を傾けて乗り出してきた。空っぽで頭もないマネキンがそんな格好をしているのが恐ろしかったのかおかしかったのか、言いようがない。

もちろん最初の驚きはすぐに消え去って、ぼくは尋ねた。

「しゃべったのはきみなのかい？」

その場面を思い返すたびに、なぜそいつをきみと呼ぶほど親しみを感じたのか考えてみるのだが、よく分からない。

そいつは答えた。

「ほかにだれがいる？」

ぼくたち人間は口《くち》を使ってしゃべる。かれはなにを使ってしゃべっていたのだろうか。本当に滑稽なことだった。

マネキンは話を続けた。「ほかにだれがいる？　ここにあるもののなかで、おれひとりが知性と意志とことばを持った存在なんだ」

「分かった、分かった。で、きみはなんて名前だい？」

マネキンは叫んだ。

「なんて馬鹿な質問なんだ。名前なんて必要ないのさ。名前は人間や犬だとか、それがないとほかと区別がつかない連中にとって必要なものだ。おれはおれ、それで充分さ」

ぼくは答えた。「きみにとってそれでよければ、ぼくもかまわない。で、ここでなにをしているの？」

「おれはここにあるすべてのものの、の王さまだ」とマネキンはもったいぶって宣言した。

そう言いながら、窪地のほうを振り返った。ちょうど、人が手を振って指し示すしぐさをしたみたいに。たぶん、自分では手があると思っていて、手を振って見せているつもりなのだ。

マネキンは説明を続けた。「これらはすべて、おれが支配している古い鏡に、たとえ一瞬でも映ったものなのだ」

「ええっ！」とぼくは叫んだ。「それじゃ、白の王さまの言ってたことはなんだったの？」

「あの馬鹿が、なにを知っているというんだ！」とマネキンは言った。その軽蔑した言い方は、きっと、マネキンにはない口をへの字に曲げてひどいしかめ面をしたつもりに違いなかった。

マネキンは続けて言った。「あの連中と仲良くするんじゃないよ。あいつらは、なにも分かっちゃいないんだ。馬鹿な話をいったいだれに吹き込まれたのか知らないが。鏡というものは、知ってのとおり、ものの像を受け取って永遠不滅にするために作られているんだ。人間の男女の像も映るけれど、それは余計なもので、たいしたことじゃない。ものが鏡に映れば、もうそれで像はできあがりだ。像は鏡の内側に残って、歩いてここまでやって来る。この高台で永遠のものとなる。ところが人間の像は、どうでもいいものだから、あの下の地区に残ったままさ。きみはたぶんそっちを通って来たはずだ。この場所があることすら連中は知らないんだ。ここに来るには坂道をのぼらなくてはならない、気がついただろう？　そして優秀な被造物である、ものの像だけがここまでのぼれる。平板な連中、つまり人間たちの像はのぼって来ることができない。あいつらは、下の平たい地区、平地しか知らないんだ」

「チェスの駒はどうなの？」

「あれは、人間とものの中間なのさ。まあ、ある程度の価値はあるだろうけど、ここまでやって来られるほどじゃない」

「おやおや、そういうきみはだれだい?」

「おれのことか? おれはマネキンさ。この鏡を何年も前に持っていたある女性が服を着せていたマネキンなんだ。いま、その女性は、もちろんこの下の地区に住んでいる」

「ぼくのおばあさんだ!」

「そうかもしれない。おれはマネキンだから、とびきりのものなんだ。なにしろ、マネキンみたいになろうと男も女も手本にするくらい完璧なものなんだから。もちろん、そうは言っても人間たちは完全にはマネキンになれなくて、かならずどこか余計な部分が残ってしまう。これで、どうしておれがこの王国全体の王さまで、どうしてけっしてあの下の地区に降りて行かないか、分かっただろう」

マネキンは話しながら、王国のほうを向いたり、下の地区を向いたり、丸い台座の上をあっちこっちへぐるぐる回っていた。その光景は、これ以上ないくらい滑稽なものだった。

第十六章　探検から戻る

　マネキンが黙ったので、しばらくぼくも黙っていた。それから急に尋ねてみた。

「海はどっちなの？」

「海だって？」とひどく驚いた口調でマネキンは聞き返した。

「海だよ、それに川や森はどこだい。ときどき、音がこんなにはっきり聞こえてくるじゃないか……」

　そう言ってぼくは、あの複雑で混乱した音が響いてくる窪地《くぼち》を指した。

　マネキンは一瞬固まったが、笑い出した。

　本当に、マネキンは笑っていたのだ。キイキイ声で破れるようなその笑いがこすれるのを聞いた。さらに、マネキンが全身を揺すってねじらせたので、いまにも胴体になっている籐が破れそうに見えた。

ようやく落ち着いたので、ぼくはこう言った。

「じゃあ、今度はなぜそんなに笑うのか教えてくれる？」

「海なんかあるものか！」とマネキンは答えた。「山なんて！　これは、ここにあるもの、おれの家来たちの声なんだ。あらゆる品物は、知ってのとおり、木や大地や石や水、つまり自然物からできている。だから、自然のいろんな音が詰まっていて、それがものの声になるんだ。そうやってもの同士が会話をしているのさ。すごく単純なことさ！」

ぼくはすこし考えてみてから、こう答えた。

「そうだね」

そしてぼくたちふたりはしばらくぽかんと口を開けたまま、向き合っていた。口のないマネキンも、きっとぼくと同じように口を開けてこっちを見ていたに違いない。マネキンの姿勢から、そうだろうと見当がついた。

それからぼくが沈黙を破った。

「で、これからどうするの？」

落ち着きを取り戻したマネキンは答えた。

「これからおれはあっちへ戻る。することがあるからね。きみも自分の好きなようにすればいいさ。さあ、握手しよう。いつか分からないがまた会おう」

「握手するって？」

ぼくは啞然《あぜん》とした。どの手のことだろう。自分の手を前に差し出してみたが、手のない哀れなマネキンはどうするつもりだろう。

ところが、急に手をつかまれる感触がした。ぼくの手をつかんだのはマネキンの手、そう、見えない手だった。そしてぎゅっと握られた力がゆるむと、マネキンは下へ降りて行った。

この思いがけない握手にぼくはひどくびっくりして、恐怖の叫び声を上げ、回れ右をして息の続くかぎり走り出した。もうなにも聞こえないし、道も見えない。なにも考えず、転がるようにいちもくさんに駆けくだった。

走っている途中で息が切れてしまい、駆け足をゆるめなければならなかった。そのあいだに、あの恐怖は消えていた。そこでやっと立ち止まって、あたりを見渡した。

またなにもない、見渡すかぎり空っぽの平地に戻っていた。ようやくわれに返った。すぐとなりで声がした。

「おや、ここにいたのかい？」

あわてて振り向いた。それは白の王さまだった。嬉《うれ》しかった。でも、自分が発見したことを話さないでおこうと思った。機嫌を悪くするかもしれないからだ。それでこう尋ねた。

「ほかの人たちは？」

「ほら、あっちにいるよ」

実際、すぐそこにみんなそろっていた。ダンスととっくみあいのショーのあとでぼくが別れてきたそのままの状況で、みんなは散らばって退屈した様子で空を見上げていた。

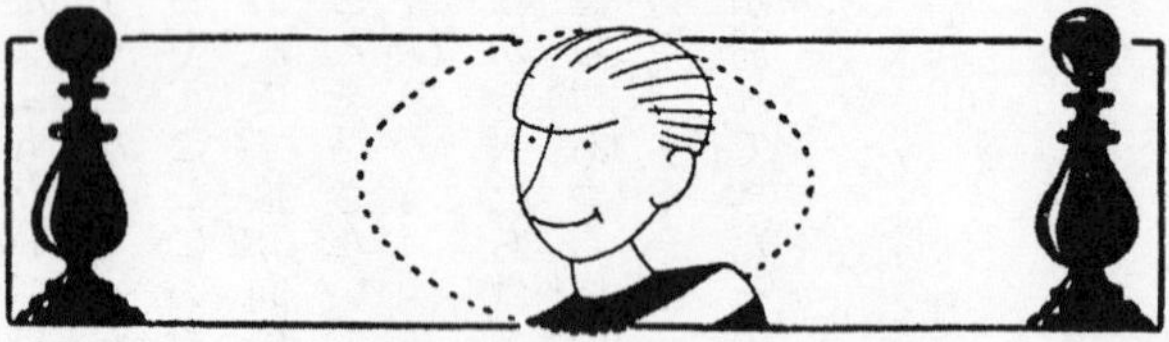

第十七章　チェスの試合

全員がそこにそろっていた。おばあさん、おばあさんの家に入った泥棒、湖の男女ふたり、年取った女中が、野原でおやつを食べたあとみたいに、あちこちに寝ころんでいた。ふたりの作業員ももちろん座って、お互いの背中をつけて寄りかかっていたが、体格が良くていっしょにくっついているので、まるで崩れた城の瓦礫《がれき》みたいだった。

そのとき、王さまがぼくにそっと言った。

「違いを見たいかね？」

「違いって、なんの違い？」と尋ねた。

王さまは答えずに、つま先立つような感じで上のほうへ伸びをすると、厳かな顔になった。それから、ゆっくりぐるりと回転して、なにもない地平線のある一点をじっと見つめて止まった。ぼくはその方角を見た。すると、突然その点に黒いものがあふれ、こっちのほうへ地面をはいながら雲のように進んできた。それから黒いものは白と混ざり合って、あっというまに、近づきながら大きくなった。それはチェス盤にあった駒たちだと分かった。しばらく前からぼくは駒のことをすっかり忘れていたのだ。行進してくる隊列のひとりひとりを見分けることができた。その並びは、まず前にふたりの女王《クィーン》さまがいて、それぞれが僧正《ビショップ》ふたりを脇に従えて、それから四つの塔《ルーク》と十六人の歩兵《ポーン》といった具合だった。お分かりのように、どれもみなチェス盤上にあるように黒と白に分かれていたのではなく、互い違いに並んでいて対称的なアラベスク模様[4]になっていた。このとき、ぼくは黒の王さまがいないことに気がついた。それを聞こうとしたとき、ぼくたちの近くに（つまりぼくと白の王さまの近く）、急に黒の王さまがいることに気がついた。どうやってここへ来たのだろう。そして、ほかのみんなは立ち止まっていた。

4　イスラム文化に見られる、曲線からなる幾何学模様。唐草模様。

「それでは、試合を見せてあげよう」と白の王さまが宣言した。

「なんの試合ですか?」

「もちろん、チェスの試合さ!」

全員が動いて、あちこちへ散らばった。その動きを目で追っているうちに、地面に——その瞬間に描かれたのだろう——階段のように一段盛り上がった大きなチェス盤があることに気がついた。ふたりの王さまを合わせた総勢三十二の駒が、試合開始のそれぞれのますに陣取った。そのとたん人間から物体へと変化したように固まって動きが止まった。

あたりを見回した。踊り手たちはまだあちらこちらの地面に倒れ込んでいて、試合にはまったく興味がない様子だった。

「でも、だれが試合をするんだろう?」とぼくは尋ねた。

だれも返事をしない。ぼくはそれ以上あえて口を開かなかった。

試合が始まった。

ふたりの王さまが交互に、それぞれの駒に命令を下した。すると駒が、受けた命令に従って動いた。

ぼくは離れたところからこの光景をよく見たかったので、すこし場所を変えた。のぼって見下ろせるような高台を探してきょろきょろしながら、そのあいだも、試合の初手を見逃さないように気をつけていた。すると近くに石の山のようなものがあったので、そこへのぼった。この世界には石の山などないはずだとは考えもしなかった。のぼってみてから、実はそれが石の山ではなくて、互いに寄りかかって動かないふたりの作業員であることに気がついた。たぶん寝ていたのだ。とにかく、もうその上にのぼってしまっていたし、居心地もよかったものだから、作業員のひとりの頭に座り、もう一方の首を両膝で挟むようにしてそこへ陣取った。その上からだと試合がよく見えた。

駒たちは自分の足で歩いていなかった。チェスの駒らしくじっと体をこわばらせたまま移動した。まるで、見えない手に持ち上げられて、次のますに置かれるみたいだ。まずはいくつかの歩兵《ポーン》がそんなふうに持ち上げられて、ますからますへ移動するのが見えた。僧正《ビショップ》たちは斜めに滑るように動き、馬《ナイト》はひとつおきに飛び跳ねる。王さまたちはいまのところ動かない。ぼくはゲームのやり方を知らなかったし、命令も分からなかったが、駒たちがひとりでに、黙って正確に動く様子が面白かった。それまでに何度か大人たちがチェスをしている様子を見たことがあったけれど、嫌になるくらい遅くて、一手指すのに一時間も考えていた。でも鏡の向こうのチェスでは、一方が動くとすぐに相手も動いた。あわててはいないが、なめらかな一定の動きだった。見ていると、チェス盤の上で歩兵《ポーン》が立ち上がって宙を飛び、盤の横の地面へ倒れ込んだ。チェス・プレイヤーが言うところの、その駒が「捕られた」のだとぼくは分かった。白と黒、両方のいろいろな駒が捕られていった。

しばらくして、ついに黒の王《キング》さまが一歩動くのが見えた。そして、白の王《キング》さまも一歩動いた。

それから、白黒いろんな駒がどんどん盤外に放り出されたので、チェス盤はほとんど空っぽになってしまった。

チェス盤の両脇にごちゃごちゃに投げ捨てられた駒を見た。その駒たちはもうチェスの試合の役目は果たし終わったのだが、そこから離れず、命のない物体のようにじっとして動かなかった。ぼくにはその様子が不思議だった。そっとかれらに声をかけてみた。

「ねえ、ねえ……」

ところがどうしたことだろう！　だれも聞いていないようだ。
駒の名前を呼んでみた（もちろん小声で）。
「すいません、黒の僧正《ビショップ》さん、ねえお願いです、白の塔《ルーク》お嬢さん……」
なんの返事もない。まるで木彫りの駒のように固まっている。
そのときやっと、駒たちは試合が行われているあいだ、最後まで本当にもののまま
だということ、そして、駒たちの邪魔をしてはいけないということを理解した。
ふたたびチェス盤に目を戻した。そのとき、ふたつの歩兵《ポーン》が宙を飛んだ。白の歩兵《ポーン》
と黒の歩兵《ポーン》だ。そして盤上のすべてが静止した。
黒の王《キング》さまと馬《ナイト》、白の王《キング》さまと馬《ナイト》だけが残っていた。
しばらくぼくは様子をうかがっていた。
すると、白の王さまがチェス盤から飛び降り、それから続いて黒の王さまとふたつ
の馬《ナイト》も飛び降りた。するとチェス盤は見えなくなった。
白の王さまがにこにこしながらぼくに近寄ってきて、宣言した。
「試合終了！」
すると、すべての駒たちが身震いして立ち上がり、あっちこっちへ歩き出した。ま

た、以前のように、おしゃべりを始めていた。

「どっちが勝ったの？」と白の王さまに尋ねた。

「どっちも勝ってない。引き分け試合さ。もともとそうすることになってたんだ。ただきみに見せるためにした試合だったんだよ」

そう聞いてはみたものの、実は、別の質問があって、口に出すかどうか悩んでいた。そしてやっぱり、こらえきれなくなった。

「失礼ですが、陛下、だれがこの試合をしたの？」

「おや、もちろんわれわれだよ」

「しかし、鏡の向こうの世界で人間がチェスを指すときは、だれが試合をしているの？」

「人間はでたらめに指しているのさ。わたしにそんな話はしないでくれ。あれは茶番劇だよ。なんの意味もないのさ。本当に重要なチェスの試合は、ここでわれわれがやっている試合のことだ。きみに言ったように、ここでの試合が、人間世界での出来事を左右しているんだ。この試合を人間がどうにか真似してみたものが、戦争のような歴史上の事件になるのさ。人間たちが指しているチェスの試合は偽物なんだ」

なぜだか分からなかったが、この王さまの言ったことに納得できなかった。それから、友人である王さまがとても重要なひとつの事実を忘れていることに気がついた。それはつまりこういうことだ。このときぼくたちがいた世界は、鏡に映ったいくつもの像からできた世界であって、その世界のすべては、ある瞬間に鏡に映った、本当のもの、現実の物体と人々（チェス盤の上にあった駒も人に入れるとして）に左右されるものなのだ。

無邪気にも、こうした意見を王さまに伝えてみた。

王さまは肩をすくめてこう答えた。

「今度はもうひとつきみに教えてあげよう。鏡に映った像という話をわたしがしたのは、鏡の向こう側にいるきみのような人のためには、きみたちの言うことが本当だと信じてあげたほうがよいと思ったからなのさ」

「それじゃ、本当のところはどうなの？」

「本当はね、真実の、現実の人間というのは、われわれだけ、鏡のこちら側にいるわれわれだけなんだ。きみたちこそ像に過ぎないのさ。中身のない、見かけだけの存在なんだ。世界とは、われわれのことだ」

この話を聞いて、この白の王さまとたぶんほかの連中もみんな、まるっきり頭がおかしいのだと分かった。そして、頭のおかしい人にはいつも言うとおりだと認めてやらないと、危険であることをとっさに思い出した。

そこでぼくは丁寧に言った。

「きっと、そうです。白の王さま。もちろん陛下のおっしゃるとおりです」

第十八章　戦い

こうして王さまと会話しながら、ぼくは試合を見ていた高台に座ったままで、実際にはその高台がふたりの作業員であることをすっかり忘れていた。

作業員の上に自分が座っていることを不意に思い出したのは、下からいきなりものすごい突き上げが来て、地震で家が揺れるみたいに揺さぶられたからだ。作業員のひとりがくしゃみをしたのだ。ぼくはもうひとりの頭にしがみつこうとしたが、この男もその物音で目を覚まして、急に伸びをした。それでぼくは、その揺れで急に持ち上げられたかと思うと逆さまに地面に投げ出されて、真っ逆さまに倒れ込んでしまった。

なんでそんなことになったのかはすぐ分かったから、そんなに驚きはしなかった。転げ落ちてもたいした怪我《けが》をすることもなく、すぐに起き直った。しかし、その場にいた人たちは、そうしたぼくの姿を見て笑い出した。ぼくが立ち上がっても、まだ見て笑っていた。作業員たちはぼくに謝るどころか笑っていたし、それまではずっと感傷的に見えた湖のカップルも笑っていたし、人相の悪い泥棒も笑っていた。そして、なによりひどいことにチェスの駒たちも笑っていた。王《キング》さまや女王《クィーン》さまだけではなく、塔《ルーク》も腹を抱えて笑っていた。それに僧正《ビショップ》も。馬《ナイト》までが笑っていた。そんな光景はどんな騎馬隊や乗馬クラブ、競馬場でも見たことがない。そのうえ、口に出すのも嫌なことに、あのまぬけな十六人の歩兵《ポーン》ですらも笑っていた。そして笑いながら、ぼくを馬鹿にするように見下《みくだ》していた。

ひどく侮辱された気がした。たったひとり、みんなに向かって叫んだ。

「なにがおかしいのさ、ふざけた連中め！」

そのことばに笑い声はさらに大きくなり、なかにはこっちを指さして、からかい始めるものもいた。

「ハハハ、ハハハハ、ハハハハ、ハハハ……」

おばあさんだけがほかの人といっしょに笑わずに、かれらに向かって反論した。

「この子はわたしの身内なのよ。ご存じないの？」

おばあさんがかばったことで、事態はより悪くなった。みんながおばあさんのことも大声で笑い物にしたからだ。とうとう恥ずかしくなったおばあさんは後ろを向いてその場を逃げ出し、あっというまに見えなくなった。

ぼくは、その悪党どもに向かって叫んだ。

「馬鹿、まぬけ！　阿呆《あほう》の偽物ども！」

すると、だれかが笑うのをやめ、かっとなった。

「もう一度言ってみろ」と泥棒が拳を振り上げて脅かした。

「言ってみろ、言ってみろ」とふたりの作業員が泥棒の横に並んではやし立てた。

運良く、この連中は、すこし遠いところにいた。まっさきにぼくのところへやって来たのは、厚化粧の老女中で、ぼくの目に向かって指を突き上げ、爪でひっかこうとした。

女中の後ろにほかのやつらがいて、そのまわりに三十二の白と黒の駒がひしめいていた。白の王さま、ぼくの友人であるあの王さままで、連中の味方をしていた！

事件はひどくなりつつあった。ぼくは、たったひとりで、怒り狂った四十名ほどを相手にしていた。隠れたり、立てこもったりできそうなものはなにもない。逃げ出す場所すらなかった。いずれにしても、チェスの駒に怯《おび》えて逃げ出すつもりもなかった。そうこうしているうち、かれらの騒ぎはますます激しくなった。

ぼくは落ち着いて、こう考えた。

「かれらは体でぶつかってくるしかないし、それも素手だ。弾やなにか、ぼくにぶつけるようなものは持ってない。だから、体当たりから身を守るように備えればいいんだ」

この考えは間違っていた。

泥棒はこっちを見ながら、二、三歩下がって、歩兵《ポーン》たちに手を伸ばすと、そのひとりをつかんで（そいつは泥棒につかまれたとたんに固くなった）、すごい勢いで投げつけてきたのだ。

歩兵《ポーン》をぎりぎりでよけた。歩兵《ポーン》は頬のそばをうなりながらかすめて、どこか後ろのほうへ消えて行った。泥棒は、すぐさま次の歩兵《ポーン》を投げようとしている。湖のカップルと女中も同じようにしようとしたが、歩兵《ポーン》を持ち上げるのが精一杯で、投げつける

ぼくは歩兵《ポーン》をぎりぎりでよけた。

だけの力がないと悟って、下におろした。悪いことに、ふたりの作業員までが泥棒のやり方を真似し出した。そのうえ、湖のカップルと女中は、歩兵《ポーン》を下に置くと、体ごと恐ろしい勢いでつっかかってきた。

ちょうどそのとき、ふたりの作業員はそれぞれ駒を軽々とつかんで投げつけてきた(しかも、ひとりは歩兵《ポーン》ではなく塔《ルーク》をつかんでいた)。

しかしぼくは落ち着いて、ちょうど湖のカップルと女中がぶつかってきた瞬間に、地面に突っ伏した。その足元に倒れ込んで、勢いよく脚をつかんでやったので、三人はぼくの体の上に倒れてきた。運良く、作業員たちが投げた歩兵《ポーン》と塔《ルーク》はかれらの背中と頭に命中したのだった。

……ひとりは歩兵《ポーン》ではなく塔《ルーク》をつかんでいた。

第十九章　危機一髪の状況

ご想像のとおり、ぼくは自分の頭の上に、生きた盾というか防塁をしっかりと抱え込んでいた。つまり、片手で湖の男の脚をつかみ、もう一方の手で老女中を押さえつけると、口で湖の女をつかまえて、その細い足首にかじりついた。三人は離れようと猛烈に暴れて、動かせる足をばたつかせて蹴ろうとした。ぼくも蹴られたが、ほとんど自分たち同士で蹴り合いになり、じたばたしては結局互いの頭と背中を殴り合っていた。

投げつける泥棒とふたりの作業員はそんな状況を見ても、歩兵《ポーン》やいろんな駒を投げるのをやめなかったが、仲間にぶつけないように、遠くへねらいを変えた。それで、投げられた駒はみんなぼくの上を越えて、遠くへ飛んで行ってしまった。

　そこで、こう考えた。こうして投げられたチェスの駒が後ろにたくさんいるだろうから、そのうちきっと挟み撃ちされるに違いない。つまり、一方にはチェスの駒たちが、他方には作業員ふたりと泥棒がいて、そのふたつのグループが同時に向かってきたら、たちまち、ぼくがつかまえている三人を解放して、よってたかってぼくをぶちのめすだろうと。

　ぼくは、挟み撃ちに遭うだろうと思い、様子を知ろうと、地面にはいつくばったまま振り向いて駒たちの動きを見ようとした。両手と口でつかまえている三人を放さないように、ゆっくりと方向転換しなくてはならなかった。

　しかし、仰向けになって暴れる三人をどうにか押さえつけながら、ぼくがようやく半分向きを変えたところで、雷鳴がとどろくような重くこもった音が聞こえた。それから地平線のあちこちで、遠くから叫び声があがり、空気が震えるような感じがして、あたりは色を失った。冷たく強い突風が吹きつけてきて、ぼくは頭の先からつま先まで全身が寒さで震えた。

第二十章　さらに高まる危機

　弾のように飛んでくる駒が突然止んで、大勢の叫び声が遠くから大きく聞こえてきた。そのとき、チェスの駒を投げていた連中が無我夢中で叫ぶのが聞こえた。

「逃げろ！……逃げろ！……」ぼくが押さえていた三人は、恐怖で我を忘れて一段と激しく体を揺すって暴れ出した。その力はとても強かったし、もちろんぼく自身もびっくりしたので、三人を放して座り込んだ。周囲を照らす明るい光のなかで、三人は大あわてで逃げて行った。押さえていた三人、それに作業員たちと泥棒も、全員が逃げて行く。そして地平線の彼方を見渡すと、大声を上げて逃げ出す人たちが散って行くのが見えた。

反対の方角を振り返った。

チェスのすべての駒が、頭を下にして、地面に突き刺さっていた。こんなときでなかったら、それを見て笑い出していただろう。でも、その状況に不安を感じていた。

本当のところ、それほど怖くはなかったことを覚えている。でもなにが起こったのかまったく予想できなかったし、だれに説明してもらえばいいのか、どこへ行ってなにをすべきかも分からなかった。

一瞬のあいだにそれまでの冒険を思い返してみて、冒険の始まりのことが頭をよぎった。つまり、どんなふうにして鏡のこちら側に来たのかを思い出したのだ。できることなら、一番良いのは鏡の向こう側へ戻ることだと思った。目を強く閉じてこちら側に来られたのだから、たぶん、同じように目を強く閉じれば、こちら側に来たときと同じように、元いた向こう側へ戻れるだろう。

いざ目を閉じかけてためらった。心のなかで、好奇心と警戒心が争っていた。急に生じた混乱の原因も分からないまま、その奇妙な世界と完全にお別れしておそらく二度と戻って来ることができないのは残念だった。

そのまま待ってみた。

しかし、なにも変わったことは起きない。

また冷気が平地を駆け抜けた。ひとりきりで寂しかった。

そこで決心をした。別れのあいさつのように、もう一度あたりの紫色の空と広大な平地を見渡してから、目を閉じた。

かなり長い間目をぎゅっと閉じていた。それから、充分すぎる時間が経ったように思えて、『たぶんこれで戻っただろう』と考えた。

目を開ける。

まだ鏡の向こう側にいた。

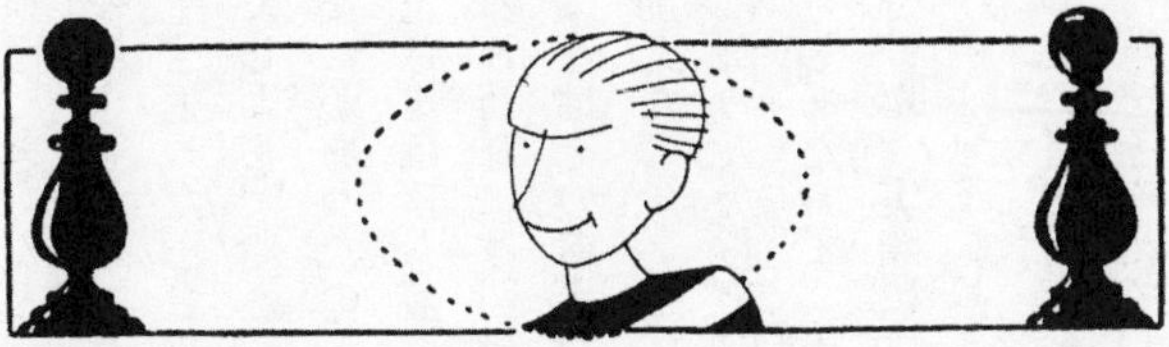

第二十一章　すばらしい思いつき

ぼくはまだ鏡の向こう側にいた。遠くでかすかな音が消えたかと思うと、また聞こえてきて、それからまた聞こえなくなった。しかし、陰っていた空気はふたたび明るくなった。

黒と白の三十二の駒は、頭を下にして斜めに地面に突き刺さったままだ。

その光景を見て、あることを思いついた。すばらしい思いつきだ。

駒たちのそばへ駆け寄って、白の王《キング》さまの下半身が突き出ているのを見つけた。力を入れて、王さまをそっと地面から引き抜いてやった。

地面にきちんと立たせて置くうちに、ぼくの腕のなかで王さまの体から固さが消え、息を吹き返した。

生き返った王さまはこう言っただけだった。

「よしよし」

「なにがあったの？」とすかさず王さまに尋ねた。

王さまは落ち着いていた。まわりを見て言った。

「われわれには関係のないことさ」

ぼくはその答えに不満だった。一呼吸あって、ことばを探していると、王さまは付け加えた。

「ほかの人たちを引き抜く手伝いをしてもらおう」

さしあたって、王さまの言うことに従うのが一番良いと思われた。そこで手助けしてやった。実際には、ぼくが駒を引き抜いているあいだ、王さまはぼくがすることを眺めていた。まず、ふたりの女王《クィーン》さまを次々に引き抜いた。ふたりともまっすぐ立ち直って、目の前で命を吹き返すと、一瞬ぼくの顔を見たが、それからお礼さえ言わずに、声をそろえて「すこし散歩でもしましょうか」と言うと、行ってしまった。

まず、ふたりの女王《クイーン》さまを次々に引き抜いた。

それからぼくが黒の王《キング》さまを引っこ抜いてやると、王さまは「こいつはまだここにいるのか?」とだけ言って、女王さまたちを追いかけて行ってしまった。しかたがない。

このあいだ、白の王さまはただ眺めているだけだった。

こうして、ぼくは苦労して、すべての駒をひとつひとつ引き抜いてやった。最後にはすっかり汗をかいてしまった(というのも、思い出してもらいたいのだが、駒はほとんどぼくと同じくらいの背丈があったのだ)。だれひとり、ありがとうと言ってくれなかった。駒たちは、なにもなかったようにおしゃべりしながら、あちらこちらへ散って行った。

我慢できなくなって、叫んだ。

「それで、いったいどうして、みんながあんなに大声を上げて大騒ぎして逃げ出して行ったのか、教えてもらえますか?」

あいかわらず落ち着いている白の王さまが答えた。

「鏡が割れたんだろう」

第二十二章　老人

髪の毛が逆立つ気がした。体中の骨に悪寒が伝わった。全身ががたがた震え出した。そして、まっすぐ前に向かって走り出した。なにも考えず、無我夢中で走りに走った。

どこへ向かって走るのか、なぜ走っているのかも分からなかった。たぶん、そうして走ることで、その恐ろしい場所からの出口を見つけて、鏡の反対側の、元いた自分の世界に戻れるような気がしたのだ。このときのぼくは、好奇心からこの奇妙な冒険に乗り出したことを後悔していた。

ある地点で足を止めた。

そのあたりは、走り始めた場所とまったく同じだった。平らな土地がどこまでも広がっていた。地平線はやはり遠かった。

ふたたび走り出したが、また立ち止まった。

二度、三度そんなことを繰り返して、しまいにはへとへとにくたびれてしまった。

地平線はやっぱり遠くに離れたまま変わらず、あたりにはなにも変わったものはない。ぼくは疲れ切って、うろたえていた。となりで服の音がした。

白の王さまだった。その後ろには、チェスの駒すべてがいた。

「どうしたのかね?」と王さまが尋ねた。

「だって、鏡がもし割れてしまったなら、ぼくはもうあの部屋に、あの家に、あの世界に戻れないんですよ。お願いです、どうか助けてください」と叫んだ。

「きみの言っている意味がわたしは分からないな。こちら側にいても、あちら側にいても、それは同じことではないのか?」と王さまは答えた。

ぼくは怒って叫んだ。

叫び声を上げたので、王さまはびっくりしたようだった。あわててこう言い足した。

「まあ、鏡が割れたというのは、わたしの勘違いかもしれない」

「いや、そうじゃない。ぼくを慰めようとして言っているのでしょう」と泣きながら

「鏡職人さん、お会いできてとても嬉《うれ》しいです」

口を挟んだ。

「ちょっと待ちなさい！」と王さまは言った。

ぼくたちは耳をすませた。あちこちの方角からいくつかの声が聞こえた。それから、遠くに人影が現れた。

「ほら、もし鏡が割れたのなら、あの人たちはいないはずだ」と王さまは言った。

ぼくは、ほっとしてため息をついた。集団になって、あちこちから人がやって来る。ぼくたちのところまで来た人もいた。そのなかに、さっきまでいっしょにいた人の姿はだれもいなかったが、それはたいしたことではなかった。ぼくは出迎えて、心配になって尋ねた。

「なにがあったのです？　なにが？」

ひとりの老人が前に出て来て答えた。

「わしらは、もうこれでだめだと思ったよ」

「ところが？」

「ところが、そうじゃなかった」

「それで、どうだったというんです？」

「騒動の原因は、よその鏡の住人だったんだ。割れたのはその鏡で、わしらの鏡じゃなかった。鏡が割れかけたとき、そこに住んでいた人たちが、自分たちが消えてしまうのを感じて、こっちの世界、わしらの世界に押し寄せてきた。この世界を占領して、逃げ込もうとして。でも、住人たちは向こうからここに移れなくて、しばらく境界線でぎゅうぎゅう詰めになっていて、そして消えて行った。わしはその場にいて見たが、その様子はとても滑稽で、とても恐ろしかったよ！ そのときの衝突と圧力が原因で、しばらくこの世界が混乱したんだ。いまはもう大丈夫だ。わしらの定めのときはまだ来ていない。ありがたいことに、この鏡は頑丈だからな！」

動揺していたぼくはすっかり気を取り直した。そこで、話していた相手をよく見てみた。革の前掛けをした職人らしい姿で、大昔の人がはくような古い型のズボンをはいていた。ぼくは尋ねた。

「失礼ですけど、あなたはどなたです？」

「わしか？ わしはこの鏡を作った職人さ。ヴェネツィアで、百五十年くらい前に。見てのとおり、この鏡のなかで一番偉い人間だよ」

「鏡職人さん、お会いできてとても嬉しいです」

職人はとても礼儀正しく、こう返事をした。

「そうかね？　こちらこそ会えて嬉しいよ」

第二十三章　うまい手段

新しい人たちが来ていたが、ぼくはそれまでさんざん危ない目に遭って怖い思いをしてきていたので、さらに知り合いを作る気持ちはなくなってしまった。その世界でできる一番良いことは、そこから立ち去ることだと分かっていた。

でも今度は、自分が出て行くと白の王さまに打ち明けるつもりはなかった。とりとめのない議論を二度と聞きたくなかったからだ。話のしかたを変えて、王さまに話しかけた。

「あなたがここで散歩していらっしゃるあいだにだれかがあの部屋に入ったとしたら、鏡の前にあるチェス盤は見えても、鏡に映ったチェス盤の像は見えないでしょうね」

王さまは答えた。

「そんなことは絶対起きない。だれかが鏡を見るときには、われわれはそれに気がついて、一瞬にして自分の持ち場につくのさ」

「本当ですか⁉」

「もちろんだ」

「そのところを見てみたいですね。というか、思うに、そろそろ部屋に人が入ってくる頃でしょう。こんなことを言うのは、あなたのためなんですよ。念のため、あなたとこの方々は——と駒たちを指さした——、自分の持ち場の近くにいたほうが良くないでしょうか？」

王さまはにっこりした。

「まったく同じことさ」

どうやらこれが王さまのお気に入りの台詞《せりふ》らしい。いまでは、この王さまに対しても、ぼくはいらいらしていた。

そして王さまは、ぼくが言ったことに耳を貸さず、すたすたと歩き出していた。

王さまを逃がしてはだめだ、と考えた。人が部屋に来たときに、王さまは戻れるとしても、このまま取り残されてしまうかもしれない。部屋にだれもいないと分かったら、家中が大騒ぎになるに決まっている！

悪いことに、ぼくはへとへとに疲れ切っていた。眠くていまにも目が閉じそうだ。

こう考えた。

『眠ってしまったら大変だ。王さまはちゃんとチェス盤に戻れるだろうが、帰り道を知らないぼくはこの世界にずっと残されたままかもしれない』

そのとき、とてもうまい手段がひらめいた。

そっと王さまに近づいて、後ろから忍び寄ると、いきなり腰をつかんで抱え上げた。地面から引き抜いたときのように。予想したとおり、王さまは、腕のなかで固くなった。

自分に言い聞かせた。『さあ、これで一眠りしても大丈夫だ』

着ていた上着のボタンをはずすと、王さまを地面から持ち上げたまま胸に抱えて、その上から上着をかけた。そして上着の裾を使って、王さまをきつく自分の体に縛りつけた。こうして縛っておけば、眠気に負けてしまっても、王さまがその場に戻ったときにぼくもいっしょに連れ戻されるはずだ。

実際ぼくは眠くてたまらなかった。もう起きていられない。

王さまが体の上になるように注意して、地面に横になった。もちろん、両手でしっかり王さまを抱きかかえたままで。

そして眠り込んだ。

第二十四章　そして最後の章

読者のどなたも眠った経験が何度もあるだろう。そして、そのたびに目が覚めた経験もあるだろう。ぼくとしては、みなさんが、これから先、三万六千五百二十五回、そうした経験ができるように、つまりこれから百年間眠ったり起きたりできることを願っている。これは、閏《うるう》年の一日を考えて、日中の居眠りを考えずに計算した数字である。

目覚めるという行為には、いろんなパターンがある。

ある場合は、いきなり完全に目が覚めていることがある。まるで寝ていなかったように。

それとは違って、目が覚めてしばらくぼうっとしていることもある。起きても、部分的にまだ眠り続けているみたいだ。

それから、それとは正反対の場合もある。つまり、自分はまだ眠っているのに、部分的にもう起きている感じがして、眠りながらまわりの事態に気がつく。

そのときぼくが体験したのは、この三番目のパターンだった。眠りながら、はっきりしない物音を聞いていた。戸が開くような軋《きし》む音だった。そして背中が、堅いなにかにもたれかかっているのを感じた。いずれにしても半分目が覚めてまっさきにしたことは、胸に手をやって、白の王さまがまだそこにいるか確かめることだった。

そこに王さまがいなかったので、驚いて思わず大声を上げそうになり、すっかり目が覚めた。さっきの軋む音は止んでいて、入り口が開きかけるのが見えた。その部屋の入り口だ。その瞬間、目の前には暖炉と、鏡と、駒が載ったチェス盤が見え、そして鏡のなかにチェスの駒がはっきり映っていた。

眠っているあいだに、白の王さまが自分の持ち場に呼び出されたのは明らかだった。思ったとおり、ぼくは王さまといっしょに引き寄せられて、鏡のこちら側へきちんと戻されたのだ。

「おやおや、壁に寄りかかって、なにしているの？」

こうしたことを考えたとたん――ただし、それは目覚めてからおそらく一秒たらずの出来事だった――、入り口が開き切って、ぼくを呼ぶ声が聞こえた。

「おやおや、壁に寄りかかって、なにしているの？」

ぼくはまわりを見回した。もう一度鏡を見て、返事をした。

「なにもしてないよ。開けに来てもらうのを待っていたんだ」

解説

橋本 勝雄

おそらく地上に人類が登場する以前、もしかしたら世界の創造以前に、チェスはすでに存在していて、そしてこの先、世界がふたたび混沌に舞い戻り無となって消えさるとしても、チェスは時間と空間の外でイデアと同じように永遠に存在し続ける。

マッシモ・ボンテンペッリ『ナディールの女』

小説『鏡の前のチェス盤』は、作家マッシモ・ボンテンペッリが一九二二年にフィレンツェの出版社ベンポラド社の「ベンポラド児童叢書」から発表した作品である。語り手は、自分が少年のころ罰として部屋に閉じ込められた思い出を物語る。暖炉の上にあるチェス盤が古い鏡に映っている。鏡に映った「白の王さま」に誘われて向こうの世界に入り込むと、そこにはチェスの駒だけでなく、自分のおばあさんや泥棒や男女のカップルなど、これまでその鏡に映った人たちがいた。

ジョルジョ・デ・キリコの絵のような不思議な空間を探検しながら、鏡に映ったときの姿のままの人たちが踊る奇妙なダンスや、駒たちが自分で動くチェスの試合を見物し、さらには自分が一番偉いのだと言うマネキンに出会う。

発表形式やストーリーの点で、子供向けの物語と考えて間違いない。しかし本作で用いられる鏡やチェス、人形は、ボンテンペッリ作品に繰り返し登場する重要なモチーフである。その意味で、実験主義時代のボンテンペッリを象徴する作品であり、その後「魔術的リアリズム」として理論化される詩学の特徴のいくつかを先取りしているばかりか、ボンテンペッリの創作全体からみても、子供のようなイマジネーションを自由に広げた本作は、物語作家としての才能をもっとももよく発揮しているといえる。

まずはボンテンペッリの軽妙な語り口、ユーモラスな空想世界とトーファノの挿絵を楽しんでいただきたい。

芸術作品は作者から独立した存在であり、著者は無名であるべきというボンテンペッリの主張にしたがうなら余計なお世話かもしれないが、興味を持った読者の方々のためのささやかな解説として、はじめにルイス・キャロルの『鏡の国のアリス』との関係に触れたあとで、『鏡の前のチェス盤』を含むボンテンペッリの前期作品の特徴を述べる。そして作品に登場する鏡、チェス、マネキンの三つのテーマについて説明し、最後に挿絵を担当したセルジョ・トーファノの情報を提供したい。

キャロル『鏡の国のアリス』との関係

鏡のなかの世界を子供が体験するという設定はもちろん、チェスの駒たちと少年のあいだで繰り広げられる哲学的なやりとりやドタバタは、およそ半世紀前に発表されたルイス・キャロルの『鏡の国のアリス』を連想させる。作者ボンテンペッリがアリスの物語を意識していたことは間違いない。『不思議の国のアリス』はすでに一八七二年と一九〇八年に限定部数の高級書としてジョン・テニエルやアーサー・ラッカムの挿絵付きでイタリア語に翻訳されていたが、児童書としての本格的な紹介は、一九一三年にイタリア出版社の「子ども図書館」シリーズで『不思議の国のアリス』と『鏡の国のアリス』が一冊にまとめて出版されたことに始まる。一九一〇年に教員を辞めたボンテンペッリが一九一五年にフィレンツェからミラノに移り戦地に赴《おもむ》くまで勤めていたのが、このイタリア出版社だった。

さらにボンテンペッリの義姉アーダ・カッリ・デッラ・ペルゴラは、新聞や雑誌に記事を寄稿するかたわら「フィドゥーチャ」のペンネームで活動する児童文学作家で、一九二三年にベンポラド社の同叢書から小説『バトゥッフォロ』（ぽっちゃりした子供）を発表している。

キャロルが少女アリスのために物語を作ったのにたいして、ボンテンペッリはこの作品を息子のために書いた。献辞は息子マッシモの愛称「（マッシ）ミーノ」であり、主人公が十歳の男の子なのは当時の息子の年齢に合わせたのだろう。

アリスの物語が人気を獲得するうえでテニエルやラッカムらの挿絵が大きな役割を果たしたように、このボンテンペッリの物語にもセルジョ・トーファノの挿絵は欠かすことができない。後述するように、一九〇八年から子供新聞の表紙を手掛けていたトーファノは、自分の物語だけでなく『ピノッキオ』をはじめとする多くの子供向けの物語に挿絵を提供してきた。そのシンプルで軽やかな独特の描線は、ボンテンペッリが生み出した鏡の向こう側の世界を見事に表現している。

子供向けとして書かれた作品が大人の読者を獲得していった点も、アリスの物語と共通する。半世紀にわたるボンテンペッリの執筆活動において唯一の児童書であるこの物語は、一九二三年に児童叢書として出版されたあと、一九二五年にはモンダドーリ社から小説『旅と発見』と合わせて一冊の単行本となり、その後一九四〇年に小説『最後のエヴァ』(一九二三年)と合わせて『ふたつの形而上的寓話』という題名でまとめられるなど、一般読者向けの扱いを受けるようになる。そうした経緯も、ジャンルを超えて子供から大人へと読者層を広げたことを示している。

しかし、鏡の向こう側の異世界とチェスの駒の擬人化という設定や手法だけを単純に比較して、ボンテンペッリの物語をイタリア版アリスとして扱うことはできない。数学者キャロルの考える鏡の国で前後左右の位置や因果の逆転した関係からナンセンスと混乱が生み出されるのだとすれば、ボンテンペッリの物語では、論理の転倒というより、現実世界と鏡の世界の関係、そして人間と「もの」の関係が相対化される可笑《おか》しさが物語の土台にある。

鏡のなかの世界こそが真実で、外側の世界は見せかけだと断言する白の王さまは、鏡に映った「もの」こそが永遠の存在だと主張するマネキンに馬鹿にされてしまう。そして少年の目からすれば、その白の王さまもマネキンも、可笑しくて哀れな存在にすぎない。

むしろアリスの影響を受けているとはいえ、まったく異なる時代と文化のなかで作られた物語という意味で、一九二二年にベンポラド社からイタリア語訳が出版されたジェームズ・バリーの小説『ピーター・パンとウェンディ』や、モーリス・ラヴェルの歌劇『子供と魔法』（一九二五年初演）、さらには、後述するトーファノの『ぼくのがっかりした話』（一九一九年）なども含めて、子供を主人公とする異世界ファンタジーの文脈でとらえるべきだろう。

ボンテンペッリ作品とその特徴

年譜に記したように、ボンテンペッリの作家活動は主に一九二〇年代から三〇年代半ばにかけて精力的に展開されるが、一九二六年に始まる雑誌「900（ノヴェチェント）」出版を境に大きく前期、後期に分けることができる。ボンテンペッリ詩学の代名詞である「魔術的リアリズム」は、一般には、後期の長篇小説『ふたりの母の子』『アドリアとその子どもたちの生と死』『時の中の人々』に対して用いられるが、第一次世界大戦後から始まる前期に書かれたさまざまな実験的作品がその下地を作っていた。

『鏡の前のチェス盤』を含めたボンテンペッリの前期作品は、伝統を破壊した前衛運動である未来派のマリネッティをはじめとして、「形而上絵画」のジョルジョ・デ・キリコ、メタ演劇のピランデッロといった、さまざまな芸術分野の革新の流れのなかで書かれている。ボンテンペッリ自身は、未来派の運動に参加したというよりも、その影響を受けながら独自の文学的志向を発展させた。

未来派の洗礼を受ける前のボンテンペッリは、各地の中学校で国語教師として務めたあと、フィレンツェで編集者をしながら古典詩や韻文劇、短篇を発表していた。『牧歌』(一九〇四年)、『シチリアの頌歌』(一九〇六年)や『現代のソクラテス』(一九〇八年)、『愛』(一九一〇年)、『七賢人』(一九一二年)などの作品群は、一九世紀後半の伝統に属しており、詩人カルドゥッチや、フランスのブールジェの心理小説、ダンヌンツィオの「薔薇《ばら》小説」の影響下にあったが、この時期に書かれた作品のほとんどはのちに作家自身に否認されてしまう(年譜の*マーク参照)。

第一次世界大戦中にミラノの未来派のグループと知り合った影響は、詩集『純血種』『酩酊《めいてい》』(一九一九年)に見られる。しかしボンテンペッリ独自の文学が展開されるのは第二次世界大戦後であり、主要な活動はふたつの世界大戦の間の時期に位置付けられる。

この時期のヨーロッパには、前衛運動の反動として伝統的芸術の復活の傾向、いわゆる「秩序への回帰」が見られる。そしてイタリアでは、参戦運動と突撃隊を起源としたムッソリーニのファシズムが台頭し、芸術を含めた社会全体にその影響を及ぼしていく全体主義化の時代であった。

第一次世界大戦が終わりミラノで復員したボンテンペッリは、それまでに発表した自作のほとんどを否定し、新しい文学路線に乗り出す。二〇年代前半に書かれたのが、伝統小説を解体した小説『強烈な生活』（一九二〇年）やミラノ社会を風刺した『勤労生活』（一九二一年）、形而上絵画を思わせる幻想小説『鏡の前のチェス盤』と『最後のエヴァ』である。さらに、人形や人造人間のテーマを扱った戯曲『北西の垣根』『わたしたちのデア』『純真な女ミニー』を手掛け、のちに雑誌記事集『ナディールの女』や短篇集『わが夢の女』（一九二五年）に収録される多数の時事評論や創作を新聞や雑誌に発表するなど、きわめて活発な執筆活動を展開する。

小説『強烈な生活』はこうした文学的転向のマニフェスト的作品で、「ヨーロッパに新しい小説を作り出す」という目標が序文に掲げられ、伝統的な小説をパロディ化したミニ小説十篇から構成されている。ミラノに住む主人公マッシモが人々に仕掛けるさまざまないたずらとジョークは、語り手マッシモによる登場人物への挑発となり、最後には登場人物マッシモと語り手マッシモが対峙するというメタフィクション的構造を持っている。こうした作者／登場人物の対立は、ルイジ・ピランデッロのメタ演劇『作者を探す六人の登場人物』が有名だが、『鏡の前のチェス盤』に登場する現実／鏡像、人間／人工物の関係にもつながっている。

『強烈な生活』には、四十代に入った作家ボンテンペッリがそれまで経験した、古典主義から未来派までの過去の文学のカリカチュアも登場する。「ぼくの叔父さんは未来主義者だった」と題された七番目の小説では、語り手の介入によって古典主義者から未来派へ変貌を遂げる叔父さんが描かれる。

『強烈な生活』と対となる小説『勤労生活』は、やはり同時代のミラノを舞台としながら、実験的色合いは薄れて伝統的小説の形式が戻ってくる。独立した九つのエピソードを結ぶのは語り手の存在であり、経済的成功を求めながら挫折を繰り返す主人公の姿を通じて、資本主義経済に踊らされる人々の姿がときにユーモラスに、ときに辛辣に描かれる。

物語形式が断片化された『強烈な生活』には未来派的な破壊衝動の痕跡が見られるが、『勤労生活』で始まった物語形式の再建は、同時代の風刺小説から幻想小説へとジャンルを変えて継続する。それが「形而上的寓話」の二作品、『鏡の前のチェス盤』と『最後のエヴァ』である。

『鏡の前のチェス盤』が描く鏡の向こう側の世界が、デ・キリコの「形而上絵画」を思わせる時間も変化もない抽象的な空間であるのにたいして、『最後のエヴァ』は、人間と操り人形がいっしょに登場する芝居小屋のような雑多な物語である。ヴィリエ・ド・リラダンの『未来のイヴ』との類似したタイトルが示唆するように、主人公の美女エヴァが人里離れた屋敷に招待され、知性を持ったマリオネット、ブルルに出会って恋に落ちる。本来は脚本として執筆されていたことから、セリフとト書き、そして小説の部分が混在しており、文章形式の面でも、子供向けとして平易な『鏡の前のチェス盤』とは対照的である。

『鏡の前のチェス盤』でのイマジネーションには、鏡に映ったチェスの駒のようにくっきりとした輪郭が与えられているとすれば、『最後のエヴァ』では、ぼんやりとした夢うつつの雰囲気のなかで夢と現実、形而上と形而下が混じり合い、その後の

「魔術的リアリズム」の理論につながっていく。

『強烈な生活』と『勤労生活』の小説から、ふたつの短篇集『わが夢の女』、『太陽の中の女』（一九二八年）まで、前期作品の多くに共通する特徴が、作家と等身大の語り手「マッシモ」による一人称の語りである。子供時代の回想として語られる『鏡の前のチェス盤』も例外ではない。こうした物語内の語り手の形式は、語り手自身に対するユーモアや皮肉を前景化させると同時に、他の登場人物の内面や心理をほとんど描くことのない反心理主義的作風にもつながる。

そのために幻想的で不条理な事件が生じていても、悲劇的な重々しい雰囲気になることはない。むしろ周囲の人物や現実を風刺し、からかうようなユーモラスな語り手の態度は、失恋や別れ、死でさえ、冗談のように見せてしまう傾向がある。

対照的に、後期の長篇小説では、日常に生じた説明不可解な事件いわゆる奇跡の介入とその影響が、三人称の語り手によって客観的に語られる。少年の生まれ変わりを描いた『ふたりの母の子』、自らの美を保つため外界との接触を絶ったアドリアと子供たちの生涯を扱った『アドリアとその子どもたちの生と死』、五年おきにだれかが亡くなることを運命づけられた家族の話である『時の中の人々』には、諧謔《かいぎゃく》的な視点の入り込む余地はなく、そこに死という重苦しいテーマが共通する。

こうした点で『鏡の前のチェス盤』は、現実に対する批判的な見方、アイロニカルな幻想という前期ボンテンペッリの特徴をよく示している作品だといえる。

鏡へのこだわり

『鏡の前のチェス盤』では、部屋に置かれた古い鏡が向こう側の世界への入り口となっている。その世界にいる住人は、鏡に映った人間の像である。白の王さまが説明する。

人は、鏡で自分の姿を見て立ち去るとき、それで終わりだと思っている。しかし、そうじゃない。人のほうは、自分勝手にどこかへ行ってしまうと、もう鏡のことなど考えない。でもその鏡のなかの見えない空間には、その人の像が残される。

鏡に残った姿が現実の人間とは独立して存在するだけでなく、そのなかの時間と空間はひどく変わっている。時間の経過もなく、疲れも空腹もなく、空や海のような風景も見えず、いわば見ている人がいないときの鏡の「舞台裏」のように、空虚な世界である。この平板な世界は、永遠に変わらない安定した状態と、鏡が割れるとともに消失するもろさの両方を備えている。この世界に入るための入り口が鏡なのだ。

ボンテンペッリの作品には、このほかにも鏡を用いたエピソードが数多く登場する。それぞれの鏡は、独立した異世界への入り口となるだけでなく、離れた地点を目の前に呼び起こしたり、目の前の現実を歪《ゆが》めたりするなど、微妙に異なる役割を果たしている。

『鏡の前のチェス盤』と同じ、鏡像が現実とは独立した存在になるという発想は、短篇集『わが夢の女』に収められた短篇「鏡」に見られる。作家自身、鏡に対する自分のこだわりを意識していたらしく、冒頭、語り手は、「鏡をテーマとした話をまたしても語らなければならない。このモチーフを使いすぎだと非難されるのは承知しているが、しかたない」と断っている。作家が自身に向ける自己アイロニーの典型的な手法である。

ローマにいる語り手マッシモのもとに、ウイーンから自分と同じマッシモ名義で、明日ローマに向けて発つという内容の電報が届く。それは、二か月前に旅先のウィーンで髭剃りをしている最中に爆弾が爆発して鏡が割れてしまったために「取り残された」自分の像からだった。語り手はローマに戻ってから自分の姿が鏡にないことに気がつくが、その不自由さに慣れてしまい、戻ってきた「像」をそっけなく出迎える。

その後、ボンテンペッリは、それまでに発表した多数の物語作品をまとめて、作家とほぼ等身大の語り手マッシモを主人公とする連作にまとめる。この『わが人生と死と奇跡』(一九三二年)の最初で、幼い時に自分が経験した不思議な事件として、こだまと鏡のふたつを挙げ、その鏡にまつわる奇妙な体験が『鏡の前のチェス盤』となったと語る。

鏡が異世界に続く入り口ではなく、遠くの映像を映し出すこともある。小説『勤労生活』の七章「遠くのラウラ」では、映像を映し出すスクリーンとして鏡が登場する。ミラノを離れて田舎《いなか》に静養に行った語り手は、ブルーノとその妹ラウラに出会う。ブルーノの発明品のひとつは、テレビのように遠く離れた像を目の前の鏡に映し出すものだった。ミラノに戻った語り手は、遠く離れたラウラの姿を目にしながら触れることができないもどかしさから、鏡を叩き割ってしまう。

短篇「わが夢の女」では、鏡が実像を歪める働きをする。語り手の「私」は、びっくりハウスの曲面鏡に映った恋人アンナの歪んだ姿が脳裏に焼き付いて本物の美しい姿を思い出せなくなり、別れてしまう。鏡によって変形された恋人の像のために、現実の恋人を失う結果となる。ここでの鏡像は、現実から独立した存在というより、むしろ語り手の心理に影響を与えることで現実に介入する悪魔的な力を持っている。

本来の意味では鏡ではないが、ガラスに反射した像と現実の二重世界を描いた短篇「恋人のように」は、不思議な味わいのある恋愛譚である。

語り手の「私」は、あるホテルで同宿になった若い娘ジネーヴラとの奇妙な体験を語る。夕食の席から見えるガラス戸には、部屋のなかにいる自分たちの反射した姿と、外側の庭の光景が重なっていた。ガラスを通して見える外部とガラスに反射した内部は、平行した異なる世界で互いに交わることはない。しかし語り手は、そのふたつの世界が衝突する一点が存在するのではないかという自説をジネーヴラに説明して、庭に出た彼女のうなじに自分の鏡像がキスをするという奇跡を体験する。

『鏡の前のチェス盤』で男の子が鏡のなかに入り込んだときと似て、ふたつの平行世界の接点を見出《みいだ》す奇跡が起きるためには、強い意思が必要である。その意味で、ボンテンペッリの作品にしばしば登場する主意主義のモチーフをここにも見ることができる。

さらに、実像と鏡像、現実と空想の世界をつなぐのは、意思だけではなく、合理主義的な想像力、推論である。ふたつの世界がいっしょに見えているのならその間に接点があるはずだと、「恋人のように」の語り手は考える。それは、『鏡の前のチェス盤』のマッシモが、部屋のなかにあるすべてのものが鏡のなかにあるのだから、部屋のなかにいる自分も鏡のなかにいるに違いないと考えるのに似ている。

いずれの作品でも鏡が表現するのは、実像と鏡像、現実と虚構のふたつの世界が交わる接点であり、同時に両者を切り離す境界である。

チェスへの畏れ

『鏡の前のチェス盤』の冒頭で語り手は「チェスの駒が怖い」と告白する。作家ボンテンペッリ自身、チェスというゲーム、そのプレイヤーに対して恐れを抱いていたようだ。

『鏡の前のチェス盤』執筆から二年後、ボンテンペッリは、一九二三年三月二六日ミラノで、ロシアのグランド・マスター、アレクサンドル・アレヒンが十人同時の目かくし対局を行った様子を報じた記事を読んで驚嘆すると同時に、優れたチェス・プレイヤーの能力は人間を超えた悪魔的な力だとする文章を書いている。「聖なる状態」と題されたエッセイで、アレヒンに対する畏怖と同時に、チェスは永遠の存在なのだというボンテンペッリの空想が表現される。

チェスの起源が分からないのには理由がある。つまり、おそらく地上に人類が登場する以前、もしかしたら世界の創造以前に、チェスはすでに存在していて、そしてこの先、世界がふたたび混沌に舞い戻り無となって消えさるとしても、チェスは時間と空間の外でイデアと同じように永遠に存在し続けるからなのだ。したがって、チェスの遊戯には体を使ったり手を動かしたりする要素はまったくないが、といって私たちには知的行為とも見えない。知性が人間の総合的な能力であるのに対して、チェスの技量は、人間を超えたおそろしく単純化された力である。

『鏡の前のチェス盤』の白の王さまは、「チェスの駒が人間よりもはるかに古くから存在していることだ。チェスができて何世紀も何世紀も経ってから、人間が生まれた」のだと告白する。現実に対して鏡像が独立し、さらに両者の従属関係が逆転するという物語全体の構図がここでも繰り返される。人間が作り出した遊戯であるチェスが世界に先立って存在するのであり、人間の歴史はあくまでチェスのゲームのへたくそな模倣にすぎない。

さらに『鏡の前のチェス盤』では、チェスのゲームは時空を超えたイデア的存在であるだけでなく、ダンスのような均衡《きんこう》の表現でもある。鏡のなかにやって来た語り手マッシモのために、住人たちは奇妙なダンスを踊り、チェスの駒は自ら試合をして見せる。ダンスがしだいに複雑になって最後には取っ組み合いとなり、チェスの試合が予定された引き分けで終わるように、対立と調和は表裏一体である。

ダンスとチェスの関連性は、人間が駒に扮装する「人間チェス」にはっきりと表れる。ボンテンペッリは『鏡の前のチェス盤』の前作、短篇集『旅と発見』の「第二の旅」で、「人間チェス」の場面を描いている。

「第二の旅」は、語り手が十八歳のとき訪れたという架空の都市ベルコンディが舞台で、主人公は次々に登場する若い美女たちと束《つか》の間《ま》の恋をする。短いエピソードのなかで「人間チェス」が詳細に描写されている。黒と白の市松《いちまつ》模様が描かれた広場に見物客が集まり、チェスの駒の扮装をした男女が音楽とともに配置に付くと、向かい合ったバルコニーの上から二人の若い貴族が指示を出して試合が始まる。語り手は、隣で見物していた娘とキスを交わすものの、盤上でポーン役を務めている別の娘に惹《ひ》かれてその後を追いかけていく。ルネサンスのアレゴリー小説として有名なフランチェスコ・コロンナの『ヒュプネロトマキア・ポリフィリ』(一四九九年)にも、同様に音楽を伴った舞踏としての「人間チェス」が登場しており、ボンテンペッリがこうした文学的伝統を下敷きにしていることが分かる。

ここでイタリア文学とチェスについてすこし触れておきたい。古代インドで誕生したチェスは、ペルシャ、アラブ文化圏を経由し、ヨーロッパには一一世紀ごろに伝わったとされる。当初はカトリック教会によって禁じられたにもかかわらず、イタリアでもその人気は高まり、君主から貴族階級、聖職者層にまで普及していった。チェスの研究書やチェスをもとにした道徳書だけでなく、文学作品にもチェスが登場するようになる。たとえば当時のヨーロッパに広く流布していた民間伝説をイタリア語にしたジョヴァンニ・ボッカッチョの初期作品『フィローコロ』（一三三六年）には、主人公が、塔に囚われた恋人に会うため、チェス好きの見張り番に試合を申し込んでわざと負けて信用させる場面がある。

一九世紀に世界チャンピオンが争われるようになると、個人の知能を示す遊戯としての意味合いが強くなる。チェスの知的闘争の面を象徴的に描いた近代の短篇小説として有名なのが、アッリーゴ・ボーイトの『黒のビショップ』（一八六七年）である。ボーイトは、世紀末ミラノのスカピリアトゥーラと呼ばれるボヘミアン運動に属した作家で、ヴェルディのオペラの台本作家としても知られる。ある晩、スイスのホテルで始まった黒人と白人によるチェスの試合が、単なる白と黒の駒の戦いから激しい人種対立のメタファーとなり、運命的な逆転劇で締めくくられる。

現代作家では、チェスを好んで取り上げることで有名なのがパオロ・マウレンシグである。デビュー作『復讐のディフェンス』（白水社、一九九五年）は有名なツヴァイクの『チェスの話』と比較され、チェスを題材にしたサスペンスとしてベストセラーになった。その後もマウレンシグは、一九世紀に活躍したダニエル・ハルヴィッツと若い神父の試合を描いた掌篇《しょうへん》『最後のランク』（二〇一二年）、天才ポール・モーフィーの生涯を小説にした『チェスの大天使』(二〇一三年)を発表している。

シチリアの作家ジェズアルド・ブファリーノは晩年、キューバ出身の世界チャンピオン、ホセ・ラウル・カパブランカの物語を構想していた。その遺志を受け継ぐように若手作家ファビオ・スタッスィは小説『カパブランカの再戦』(二〇〇八年)でカパブランカとそのライバルであるアレヒンの対決を描き、複数の賞を受賞した。ジャーナリストであるヴィットリオ・ジャコピーニの『逃走するキング』(二〇〇八年)は伝説的プレイヤーであるボビー・フィッシャーの生涯を描いている。

盤面を目にすることも、自分の手で駒を動かすこともなく、指し手の符号を口にするだけで試合を進めていくアレヒンがボンテンペッリを驚かせたように、偉大なチェス・プレイヤーの並外れた才能とその奇妙な振る舞いへの驚きが作家たちの創作意欲を刺激するのだろう。

『鏡の前のチェス盤』は伝記的小説ではないが、歴史現実の「向こう側」にある形而上的存在としてのチェスにボンテンペッリが感じた畏怖の念が反映している。

人形（マネキン）というモチーフ

チェスの駒やおばあさんたちといったん別れた主人公マッシモは、不思議な世界の探検に乗り出し、不思議な坂を上り、日常雑貨が雑然と並ぶ光景を目にする。ここで出会ったマネキンはものの王だと名乗り、人間やチェスの駒よりも優れた存在なのだという。白の王さまがしていた話、つまり鏡の世界には、鏡で自分の姿を見た人、つまり生物だけがいるのであって品物はないという説明は覆《くつがえ》されてしまう。人間とチェスの駒という対立は、人間ともの、そして中間的存在であるチェスの駒の三つの世界の区分に変化する。

この籐《とう》でできた婦人服用のマネキンの光景は、ジョルジョ・デ・キリコの作品を連想させる。実際、デ・キリコとその弟サヴィーニオ、カルロ・カッラらの「形而上絵画」グループと交流のあったボンテンペッリは、マネキンのモチーフだけでなく、「形而上」や「魔術的リアリズム」のような詩学と表現を彼らから取り込んだ。

しかし、デ・キリコの絵のなかのマネキンが放つ不安や焦燥感、疎外された人間のイメージとは対照的に、ボンテンペッリのマネキンはユーモラスで、ふざけた印象を与える。最初のうち少年はマネキンが恐ろしいのか可笑しいのか分からないが、結局はとても馬鹿げているように感じる。ここでは不安を招く要素はない。少年の驚きとマネキンの不格好さは、恐怖や恐れを上回っているかのようだ。

マネキンだけでなく、人形やロボットなど人を模倣した存在への作家の関心は、すでに言及した小説『最後のエヴァ』のマリオネット「ブルル」のほか、三篇の戯曲作品『北西の垣根』、『わたしたちのデア』（一九二五年）、『純真な女ミニー』（一九二八年）に見ることができる。

一九二三年に初演された『北西の垣根』では、ブラッティーノ（棒人形）とマリオネット（糸操り人形）と人間が複雑に絡み合う。冒頭、ブラッティーノであるコロンビーナとナポレオンによって芝居内芝居である「北西の垣根」が紹介される。そこではマリオネットが演じる物語と人間が演じる物語が、同じ空間で互いに影響し合いながらも交わることのない世界として展開する。人間の物語は、マリオの妻ラウラが共通の友人カルレットと関係するという不倫物で、マリオネットの物語は北西からの暴風に悩まされている王国を舞台とした叙事詩的な寓話である。若い騎士は王女に恋するが、信仰心が篤い彼女は結婚に踏み出せない。ラウラとカルレットが夫の目から逃れるために動かしたついたてが、偶然にもマリオネットたちが建設を試みていた防風壁となる。若い騎士は、突然現れた不可解な壁という奇跡をたくみに解釈して、王女の心を動かし結婚にこぎつける。

マリオネットの騎士と王女の高貴なロマンスは、ラウラとカルレットの不貞関係と対照的に描かれ、人形が人間の浅薄さ、凡庸さを浮き彫りにする。皮肉なことに、意志が弱く運命を変えられない人間たちが運命に操られるマリオネットのように行動する一方で、若い騎士は王女に向かって、強い意志と決意があれば道は開けると説得する。

人間とマリオネットの逆転が描かれた『北西の垣根』に続いて、喜劇『わたしたちのデア』が書かれた。主人公デアは、身に着ける服によって、外見、行動、話しぶりがすっかり変わってしまう、いわば洋服によって操られるマリオネットのような女性である。服を着ていないときのデアはマネキンのように無表情で、明るい服を着れば陽気に、地味な服なら従順になる。彼女の気まぐれな行動に振り回され、驚く人、またそれを利用して操ろうとする人もいる。

そんな彼女のドタバタの一日を描いた「現代喜劇」である戯曲は、笑いと同時に不安やむなしさを感じさせる。固有の人格を持たず、衣装によって変わるデアは、外見がすべてを左右する現代社会、内面をもたず外部の環境に応じて変化する人間に対する風刺でもある。

デアは自分がマネキンだとは感じないが、もし人間が自分のことを人形だと疑うとしたら悲劇だろう。そうした疑問が次の戯曲『純真な女ミニー』の主題である。原作となったボンテンペッリ自身の短篇「信じやすい少女の心」は、「ロボット」の語源となったチェコの作家カレル・チャペックの喜劇『R.U.R.』を一九二四年にパリで見たあとに書かれている。

若い女性ミニーは、水槽のなかの金魚が作り物だという友人たちの冗談を信じてしまう。そのうえ、本物と区別がつかないほどそっくりの人造人間がいると吹き込まれたことから、彼女は人造人間の強迫観念に取りつかれ、ついには自分も人造人間ではないかと疑って自殺する。その疑念を裏付けたのは鏡に映った自分の姿である。ここには現代の大都市における人間の空疎化、自己疎外の問題が見える。

人形やロボットが人間らしく描かれ人間が自動機械と化す逆説的状況は、『鏡の前のチェス盤』でマネキンが自分を王さまだと名乗るシーンにもつながる。ボンテンペッリは、現実と鏡像のように人間と模造人間を対比させ、ときには喜劇を、ときには悲劇を創り出している。

セルジョ・トーファノ(Sergio Tofano)

『鏡の前のチェス盤』が一九二三年にベンポラド社から出版されたとき、挿絵を手掛けたのがセルジョ・トーファノである。その後、八〇年代にセッレーリオ社から出版された再版には挿絵がなく、今回の邦訳は二〇〇七年の英訳と並んで、ボンテンペッリの文とトーファノの挿絵という初版の組み合わせを再現できた。翻訳としてみればボンテンペッリが中心となるのは当然だが、ひとつの作品としてとらえるならば、トーファノの挿絵も重要な要素である。

ボンテンペッリの八歳下にあたるトーファノは挿絵画家としてすでに一九一九年に文芸誌「ラ・レットゥーラ」に掲載されたボンテンペッリの喜劇『北西の垣根』に挿絵を提供しており、さらに本業の役者、演出家として、一九三六年にボンテンペッリの戯曲『純真な女ミニー』の再演の際に出演、演出を手掛けるなど、両者の関係は『鏡の前のチェス盤』だけに限られたものではない。

日本ではまだあまり知られていないが、トーファノは、戦前から戦後七〇年代まで半世紀にわたって舞台、テレビ、映画で活躍した名俳優かつ演出家であると同時に、挿絵画家、漫画家、児童文学作家として多彩な才能を発揮した。漫画から誕生した「ボナヴェントゥーラさん」は何世代ものイタリア人の記憶に残るキャラクターである。教訓や道徳を押しつけない自由なファンタジーと明るいユーモア、簡潔で繊細な線画とナンセンスな言葉遊びのセリフ回しが特徴で、子供も大人も惹き付ける魅力を持っている。

トーファノは一八八六年八月二〇日にローマで生まれた。ナポリ出身の父エウジェーニオは、記者、美術評論家、弁護士を経験してローマに移住し、破毀院の司法長官を務めていた。その父親の希望にしたがってローマ大学法学部に入学するが、その後文学部に変更、一九世紀芸術における「ブリッランテ」（快活な二枚目）役に関する論文で卒業すると、サンタ・チェチリア国立アカデミーニの演劇コースに通う。一九〇九年にエルメーテ・ノヴェッリ一座で舞台デビュー、ヴィルジリオ・タッリ一座で十年間にわたって演じたブリッランテ役が評判となる。派手で大騒ぎするブリッランテの伝統的なスタイルを近代的に洗練させ、客観的なコメント役、作者の代弁者へと変化させた。タッリ一座のもとで衣装担当をしていたローザ・カヴァッラーリと一九二三年に結婚し、共同で上演活動を展開する。

トーファノは、未来派やグロテスク演劇の要素を取り込みながら、洗練されたアイロニーを持ち味として、マキャベッリ、シェークスピア、モリエール、チェーホフ、ブレヒト、ピランデッロなど古典から現代までさまざまな作品に出演した。演劇と映画、そして戦後はテレビドラマに出演して人気俳優となり、一九五一年から一九六九年までローマの国立演劇アカデミーで後進の指導にあたるなど、七〇年代まで半世紀にわたってイタリア演劇を支えた。

職業俳優としての活動と並行して、子供向けの挿絵画家、そして物語作家としての才能も早くから発揮していた。一九〇八年に「ジョナリーノ・デッラ・ドメニカ」の表紙を手掛けて以来、頭文字を使ったSTOが挿絵画家のペンネームとなる。「ジョナリーノ・デッラ・ドメニカ」は、児童文学や教科書の分野に力を入れていたベンポラド社が一九〇六年に創刊した子供新聞で、「退屈させない教育」がモットーだった。編集長ルイージ・ベルテッリが一九〇七年から一九〇八年にかけてヴァンバのペンネームで連載した物語『ジャン・ブラスカの日記』は『ピノッキオ』や『クオーレ』と並ぶ大ヒットとなる。

トーファノが挿絵をつけた児童文学作品は、本作『鏡の前のチェス盤』やトランプのカードたちが主人公となるジュゼッペ・ファンチュッリの『カードのお城―奇妙な話』（一九一九年）のようなファンタジー、コッローディの『ピノッキオ』（一九二一年版）のような古典から、現代作家イタロ・カルヴィーノの『マルコヴァルド』（一九六三年）まで幅広いが、いずれもユーモアとファンタジーの点で、トーファノ自身の創作と親和性がある。

「ジョナリーノ・デッラ・ドメニカ」のような子供向け新聞は当時のブルジョワ家庭のあいだで流行し、複数の出版社から出されていたが、「フメッティ」（漫画）が大きく載《の》るようになったのは、一九〇八年から日刊紙「コリエーレ・デッラ・セーラ」の付録として販売された「コリエーレ・デイ・ピッコリ」、通称「コリエリーノ」からだった。

漫画といっても登場人物のセリフを表すフキダシはなく、一面全体が二列四段、合計八つのコマに割り振られ、各コマの下に四行の交差韻《いん》の文章がついていた。すでに一九一〇年から「コリエリーノ」に短い物語を寄稿していたトーファノに対し、当初編集長は他の作家に提供する原案を依頼しようと考えていたが、その絵を見て「漫画」の依頼に切り替えた。

こうして一九一七年に発表された「漫画」が、『シニョール・ボナヴェントゥーラ』（ボナヴェントゥーラさん）だった。物語は「ここからボナヴェントゥーラさんの不幸が始まる」という決まり文句で始まり、貧しいが善良な主人公が、偶然のめぐり合わせのおかげで人助けをし、そのお礼に大金をもらうのが筋書きである。

赤い山高帽、赤いフロックコートに白いズボンという主人公ボナヴェントゥーラは、道化師や仮面劇の伝統を受け継ぐ現代のピエロのような立場で、いつも連れている黄色いバセット犬、ハンサムで気取り屋のチェチェ、意地悪をしてくる緑の服を着た悪者バルバリッチャといったキャラクターたちと愉快なドタバタ劇を演じる。

二行ずつ同じ韻が並ぶ接吻韻（AA／BB）によるナンセンスでリズミカルな台詞と、にぎやかで明るい衣装と舞台、正直者のボナヴェントゥーラが最後に報われるという明快なハッピーエンドの紋切型には、読者である子供たちに向けた皮肉めいた目くばせのようなユーモアが感じられる。

『シニョール・ボナヴェントゥーラ』は瞬く間に人気となり、連載は一九四三年まで続いた。連載開始から十年後の一九二七年には音楽劇の脚本を書いて自ら主演し、漫画家STOの描いたボナヴェントゥーラが俳優トーファノによって演じられることになった。一九四〇年には監督として映画『シンデレラとシニョール・ボナヴェントゥーラ』を撮影している。七〇年代には漫画家ペロガットによってシリーズが描き継がれ、二〇〇〇年には息子ジルベルト・トーファノが3Dアニメを製作するなど、ボナヴェントゥーラのキャラクターは現在でも子供たちに親しまれている。

トーファノの児童文学作家としての独自の才能は、漫画だけでなく文章の形でも発揮された。『おやつにキャベツ』(一九二〇年)、『レンズ豆の王女』(一九四五年)といった作品には、自作の挿絵とともに、エドワード・リアのリメリック(滑稽五行詩)を思わせるナンセンスなことば遊びと転倒世界のユーモアが発揮されている。

なかでも興味深いのは、少年が架空世界を体験する物語『ぼくのがっかりした話』である。一九一七年に「コリエリーノ」に連載され、一九二五年モンダドーリ社から単行本として刊行された。『鏡の前のチェス盤』を執筆したボンテンペッリも、おそらくはトーファノの作品を読んでいただろう。同時期の児童文学として並べてみると面白い。

小学校の卒業試験に三度落第した少年ベンヴェヌートは、風変わりな家庭教師が語る不思議な話の数々に心を躍らせる。おとぎの国は実在すると聞かされた少年は、家庭教師が持っていた「一歩で七マイル進む」魔法の長靴を盗んで家を飛び出すが、行く先々で、かつてのおとぎ話の主人公たちが今は平凡でありふれた小市民として生活を送っているのを発見してがっかりする。

たとえば、子供たちを食べていた人食い鬼はかつての行いを悔い改めて子供に優しい夫婦となり、アラジンはランプの魔法の力を使い果たして貧しい仕立て屋ジン・アラに落ちぶれ、眠れる森の美女は不眠に悩まされ、改心した狼は赤ずきん一家のもとでエプロンをつけて女中として働いている。シンデレラが大好きな家事をやめられずに夫から愛想をつかされて王妃の座を追われたことを知った家庭教師は、ベンヴェヌートといっしょにシンデレラを助けようと奮闘するが、頼みの魔法は何一つうまくいかない。結局ベンヴェヌートはおとぎの国と家庭教師にあきれ果て、家に帰って試験勉強に戻る決心をする。

ボンテンペッリの『鏡の前のチェス盤』と同じように、トーファノの『ぼくのがっかりした話』も、主人公が現実から異世界に行き、現実へ帰還するという物語構造は変わりがない。その意味では一種の通過儀礼であり、ささやかな教養小説として読むこともできるだろう。どちらの場合でも主人公の少年は、期待していたような驚異の出来事を体験するどころか、むしろ異世界に退屈や幻滅を感じて、最終的には元の現実世界に帰ることを望む。その不満の原因は、ボンテンペッリの物語では、変化しない鏡の世界の単調さであり、トーファノでは、魔法を失いありふれた日常性に投げ込まれたヒーローやヒロインたちに対する落胆といえる。

帰ってきた地点が出発地点とさほど変わらない現実だとしても、子供の内面には変化が生じている。罰として部屋に閉じ込められた少年マッシモも、卒業試験に向けて勉強をさせられる少年ベンヴェヌートも、異世界の体験を経て、現実に対して以前とは違う見方をするようになる。物語によって指し示されるのは、道徳的良識や教訓というよりも、純真な驚きや、現実を相対化するイマジネーション、柔軟でユーモラスな姿勢である。

たしかにトーファノの作品は子供向けでありながら、真面目な教訓や感傷的要素は少ない。たとえば『ぼくのがっかりした話』では、荒唐《こうとう》無稽《むけい》な夢物語を信じ続ける家庭教師と、家出から帰ってきた息子を罰しようと棍棒を振り上げて待ち構える父親が代表するふたつの世界、いわば空想と現実のどちらの側にもトーファノは立つわけではない。有名なおとぎ話をからかい、厳しい現実に皮肉を向けて、両者の衝突から笑いを引きだそうとする。

高圧的なスローガンやうわべだけの道徳を皮肉り、厳《いか》めしい兵士を戯画化する、こうしたトーファノの姿勢は、ファシズムが推し進めた社会の全体主義化、愛国精神の強調、軍隊礼賛の風潮のなかで、いっそう際立って見える。たとえば、ファシストによる権力掌握が始まった一九二三年に風刺雑誌「グエリン・メスキーノ」がおこなった風刺画コンテストで、トーファノは、ムッソリーニのギョロ目とおでこを誇張した絵で見事優勝をおさめている。児童文学において、しだいに暮らしのなかで祖国への忠誠、真剣な態度が求められていた幼い読者に対して、柔らかな懐疑主義と笑いの道を示した。

トーファノは、児童演劇というジャンルのなかでも、子供たちを楽しませ、笑わせることを目標とし続けた。イタリアが国際連盟を脱退した一九三七年、雑誌「スィパーリオ」に掲載されたエッセイ「子どもたちのために演じること」は、演劇に限らず、トーファノの詩学の表明ととらえることができる。

どうか、いじましい家族の光景や、愛国的な素描、感傷的なお涙頂戴の悪趣味はよそうではないか。幼いピエロがいじめられたり、腹をすかせて子供が煙突掃除をしたりする悲しい物語はなしにしよう。孤児や見捨てられた浮浪児たちのみじめな寸劇はやめよう。正直な児童の模範的なふるまいだとか、英雄的なバリッラ団員の高貴な行動はなしにしよう。第一に、道徳や教訓なんて気にしないことだ。子供が劇場に連れてきてもらえる機会はほとんどないのだから、そのめったにない機会に、かわいそうな子供を笑わせようではないか。劇場のわたしたちは、道徳や宗教や自己愛や教育といった銃を突きつけたりしない。どうか劇場では、子供たちを笑わせようではないか。子供が笑うたび、暮らしのなかに幸せの光がひとつ灯り、将来が明るく思われ、心に善意が呼び覚まされる。お説教や長ったらしい演説や、なによりも口先だけの話なんかより、そのほうがずっといい。

一九三七年は、六歳から二十一歳までの男女を管理する「イタリア・リットーリオ青年団」創設の年でもある。「信じ、服従し、戦う」という目的を掲げたファシスト独裁政権の下で書かれたトーファノの宣言はきわめて挑発的に響いただろう。

この意味で、演劇、漫画、読み物と多方面で活躍したトーファノは、イタリア児童文学において、『ピノッキオ』のカルロ・コッローディから、絵本デザイナーのブルーノ・ムナーリ、『チポリーノの冒険』のジャンニ・ロダーリらと並ぶ重要な存在として位置づけられる。

トーファノに比べ、ボンテンペッリとファシズムとの関係は微妙であり、時代とともに変化した。「未来派政党」の一員として、一九一九年に結成されたファシスト党の母体「戦闘ファッシ」と手を組んで以来、一九三〇年にイタリア学士院会員に選出されるまでのボンテンペッリは、ナショナリストからその国際主義を批判されながらもファシスト知識人のひとりであったが、その後は全体主義的傾向を強めるファシズムから離れていき、一九三八年のダンヌンツィオ追悼式で体制批判を行ったために公的な活動を禁じられている。

こうした体制との関係の変化と並行して、作風も変化していった。一九二〇年代初期の作品に特徴的だった諧謔的な態度、ユーモアとアイロニーは、「魔術的リアリズム」が理論化されて小説『ふたりの母の子』『アドリアとその子どもたちの生と死』『時間の中の人々』として結実するなかで、しだいに影をひそめる。これらの作品では、運命や死という重苦しいテーマが中心となり、そこに笑いやからかいの余地はない。
こうした時代背景を考えると、『鏡の前のチェス盤』は、当時のボンテンペッリとトーファノの貴重な出会いから生まれたユニークな作品として、現代の読者も惹き付ける不思議な魅力を持っている。

〈ボンテンペッリの主な邦訳作品〉

短篇「太陽の中の女」『南欧北欧短篇集』世界短篇傑作全集第五巻、河出書房、有島生馬訳、一九三六年

短篇集『我が夢の女』河出書房、岩崎純孝訳、一九四一年

長篇小説『二人の母の子』イタリア文化選書、日本出版社、柏熊達生訳、一九四二年（復刻版、本の友社、二〇〇一年）

短篇集『わが夢の女』『世界ユーモア文学全集』第五巻、筑摩書房、岩崎純孝訳、一九六一年

短篇「巡礼」『現代イタリア幻想短篇集』国書刊行会、竹山博英編訳、一九八四〜

一九九五年
短篇集『わが夢の女　ボンテンペルリ短篇集』筑摩書房（ちくま文庫）、岩崎純孝他訳、一九八八年
短篇「私の民事死について」『怪奇文学大山脈Ⅱ』東京創元社、マッシモ・スマレ訳、二〇一四年
短篇「奇跡の砂浜あるいは慎ましさの表彰（アミンタ）」『名作短編で学ぶイタリア語』ベレ出版、関口英子・白崎容子訳、二〇一四年

マッシモ・ボンテンペッリ年譜（＊は、その後作家が否認した作品）

一八七八年
北イタリアのロンバルディア地方の町コモに生まれる。

一八七九〜九六年　一〜一八歳
鉄道技師の父アルフォンソの転勤に伴い、ミラノやキャバリ、アレッサンドリアなどの町に移り住む。

一八九七年　一九歳
トリノ大学文学哲学部に入学、詩人で批評家のアルトゥーロ・グラフ、古典文献学者ジュゼッペ・フラッカローリらに学ぶ。

一九〇二年　二四歳
自由意志に関する論文と一一音節詩行の起源に関する論文で哲学と文学のふたつの学位を取得し、大学を卒業。

一九〇三年　二五歳
中学校の臨時教員を務める。

一九〇四年　二六歳
詩集『牧歌』（*Egloghe*＊）を刊行。

一九〇五年　二七歳
韻文による悲劇『コスタンツァ』（*Costanza*＊）、詩集『韻文を書きながら』（*Verseggiando*＊）を刊行。

一九〇六年　二八歳
詩集『シチリアの頌歌』（*Odi siciliane**）を刊行。

一九〇八年　三〇歳
短篇集『現代のソクラテス』（*Socrate moderno**）を刊行。

一九〇九年　三一歳
アメーリア・デッラ・ペルゴラ（一八八六〜一九七七）と結婚。長女フィアンマが誕生するが、生後九か月で死去。

一九一〇年　三二歳
教員を辞め、フィレンツェに移って出版社サンソーニに勤務する。
短篇集『愛』（*Amori**）と詩集『頌歌』（*Odi**）を刊行。

一九一一年　三三歳
長男マッシモ（一九一一〜一九六二）が誕生。

一九一二年　三四歳
短篇集『七賢人』（*Sette savi*）を刊行。

一九一五年　三七歳
イタリアがオーストリア＝ハンガリー帝国に宣戦布告し、第一次世界大戦に参加。
イタリア出版社の古典文学担当としてミラノに移る。日刊紙「イル・メッサジェーロ」「イル・セーコロ」に参戦支持の記事を掲載。
劇作品『サンタ・テレーザ』（*Santa Teresa**）、『少女』（*La piccola**）が初演される。

一九一六年　三八歳

短篇集『小劇場』（*Teatrino**）、スタンダール『恋愛論』の翻訳を刊行。

一九一七年　三九歳

歩兵隊付属の砲弾部隊将校として、オーストリア＝ハンガリー帝国軍に対する戦闘に参加し、勲章と十字章を授与される。未来派のメンバーと雑誌「モンテッロ」を編集し、前線で配布する。

一九一九年　四一歳

除隊後、ミラノで文学活動を再開する。「未来派政党」を通じて、ファシスト党の母体グループ「戦闘ファッシ」を支持。短篇集『七賢人』を除き、戦前の作品のほとんどを否認する。詩集『純血種』（*Il purosangue*）を刊行。

一九二〇年　四二歳

劇作品『月の見張り番』（*La guardia alla luna*）がミラノで初演される。小説『強烈な生活』（*La vita intensa*）、スタンダール『赤と黒』の翻訳を刊行。

一九二一年　四三歳

パリに記者として滞在し、フランス前衛運動を知る。帰国後ローマに住む。小説『勤労生活』（*La vita operosa*）を刊行。

一九二二年　四四歳

ムッソリーニのファシズム政権が成立。小説『旅と発見』（*Viaggi e scoperte*）、『鏡の前のチェス盤』（*La scacchiera davanti allo specchio*）を刊行。

一九二三年　四五歳

小説『最後のエヴァ』（*Eva ultima*）を刊行。劇作品『北西の垣根』（*Siepe a nordovest*）が初演される。

一九二四年　四六歳

作家ルイジ・ピランデッロ（一八六七〜一九三六）の息子であるステーファノらとローマ芸術座設立に参加。雑誌記事集『ナディールの女』（*La donna del Nadir*）を刊行。ファシスト党（二一年に戦闘ファッシを改組）に入る。

一九二五年　四七歳

短篇集『わが夢の女』（*La donna dei miei sogni e altre avventure moderne*）を刊行。劇作品『わたしたちのデア』（*Nostra Dea*）がローマ芸術座で初演される。

一九二六年　四八歳

作家クルツィオ・マラパルテ（一八九八〜一九五七）らと雑誌「９００（ノヴェチェント）」（"900", Cahiers d'Italie et d'Europe）を創刊。パリとローマに二つの編集部が設置された雑誌で、一九二九年の休刊までジェイムズ・ジョイスやヴァージニア・ウルフの作品を紹介するなどヨーロッパ文化に開かれた方針をとり、「ストラパエーゼ」（郷土主義）に対抗する「ストラテチッタ」（都会主義）の中心となる。ボンテンペッリは「魔術的リアリズム」の詩学を展開する。

短篇集『亀のエデン』（*L'eden della tartaruga*）を刊行。

一九二七年　四九歳

女性作家パオラ・マジーノ（一九〇八～一九八九）と知り合い、その後生活を共にするようになる。

一九二八年　五〇歳

短篇集『太陽の中の女』（*Donna nel sole e altri idilli*）、アプレイウス『変身物語』の翻訳を刊行。劇作品『純真な女ミニー』（*Minnie La candida*）がトリノで初演される。

一九二九年　五一歳

小説『ふたりの母の子』（*Il figlio di due madri*）、評論「ネオ・ソフィスト」（*Il neosofista*）、マリネッティら未来派のメンバーと総勢一〇人による共作の空想政治小説『皇帝は死なず』（*Lo zar non è morto*）を刊行。

ローマでイタリア初のシネクラブを結成。

一九三〇年　五二歳

小説『アドリアとその子どもたちの生と死』（*Vita e morte di Adria e dei suoi figli*）を刊行。

イタリア学士院会員に選出される。

一九三一年　五三歳

短篇集『わが人生と死と奇跡』（*Mia vita, morte e miracoli*）、評論『文学における二十世紀主義』（*Novecentismo letterario*）を刊行。

一九三二年　五四歳

小説『522ある一日の話』（«522» *Racconto di una giornata*）、『鍛冶屋の家族』（*La famiglia del fabbro*）、劇作品

『ヴァローリア』（*Valoria*）を刊行。

一九三二〜三三年　五四〜五五歳
エジプト、ギリシャ、南アメリカ、スペイン、ベルギー、スカンジナビア、中央ヨーロッパ、ルーマニアなどで講演会を開く。

一九三三年　五五歳
月刊誌「クアドランテ」を創刊。建築を中心としたテーマを扱い、一九三六年まで続く。

一九三四年　五六歳
短篇集『奴隷たちの展覧会』（*Galleria degli schiavi*）、劇作品『嫉妬深い父バッサーノ』（*Bassano padre geloso*）を刊行。

一九三五年　五七歳
劇作品『黒雲』（*Nembo*）を刊行。

一九三六年　五八歳
日刊紙「ガゼッタ・デル・ポポロ」に、芸術に対するファシズム体制の介入を批判する記事を寄稿。悲劇『飢え』（*La fame*）を発表。

一九三七年　五九歳
小説『時の中の人々』（*Gente nel tempo*）を刊行。

一九三八年　六〇歳
フィレンツェ大学教授のアッティリオ・モミリアーノが反ユダヤ主義の人種法によって大学から追放された際、その後を引き継ぐことを拒否。一一月、ダンヌンツィオ追悼の演説でファシズムを批判したため、党員証を剝奪され、ヴェネツィアに転居する。

短篇集『奇跡』（*Miracoli*）を刊行、既刊『わが夢の女』『太陽の中の女』『わが人生と死と奇跡』を収録する。批評「ピランデッロ、レオパルディ、ダンヌンツィオ」（*Pirandello, Leopardi, D'Annunzio*）、評論「二十世紀主義の冒険」（*L'avventura novecentista*）を刊行。

一九三九年　六一歳

週刊誌「テンポ」にコラムを執筆。

一九四〇年　六二歳

イタリアが第二次世界大戦に参戦。

『ふたつの形而上的寓話』（*Due favole metafisiche*）を刊行、『鏡の前のチェス盤』と『最後のエヴァ』を収録する。

一九四一年　六三歳

短篇集『太陽の回転』（*Giro del sole*）を刊行、評論「ヴェルガ、アレティーノ、スカルラッティ、ヴェルディ」（*Verga, L'Aretino, Scarlatti, Verdi*）を刊行。

一九四二年　六四歳

劇作品『シンデレラ』（*Cenerentola*）を刊行。

一九四三年　六五歳

七月、ムッソリーニが失脚し、九月、イタリアは無条件降伏。逃亡したムッソリーニは北部にナチスドイツの傀儡《かいらい》政権「サロ共和国」を樹立する。

混乱状態のローマで、サロ共和国から死刑判決を受けたことを知り、友人宅に隠れる。

一九四四年　六六歳

六月、ローマ解放後、作家アルベル

ト・モラヴィア（一九〇七〜一九九〇）らと週刊誌「チッタ」を創刊。

一九四五年　六七歳

四月、北部イタリアが解放され戦闘が終了する。

ミラノに戻り、演劇組合を組織する。

短篇集『夜』（*Le notti*）、『水』（*L'acqua*）を刊行。

一九四六年　六八歳

短篇集『八十歳』（*L'ottuagenaria*）を刊行。

一九四七年　六九歳

『戯曲集』（*Teatro*）に既刊作品を収録。

劇作品『救われたヴェネツィア』（*Venezia salva*）を刊行。

一九四八年　七〇歳

前年一二月に行われた選挙で人民民主主義戦線（共産党、社会党による選挙連合）の名簿により上院議員に選出されるが、一九三五年に中学校の教科書編纂に関係していたために無効とされる。

一九四九年　七一歳

劇作品『カミッラの純真』（*L'innocenza di Camilla*）を刊行。

一九五〇年　七二歳

ローマに転居する。

一九五一年　七三歳

二月、日刊紙「ルニタ」に短篇「偶像」（*Idoli*）を発表、遺作となる。

一九五三年　七五歳

短篇集『誠実な恋人』（*L'amante fedele*）を刊行。既刊作品を集めた選集で、この年のストレーガ賞を受賞。

一九六〇年　八二歳
七月二一日、ローマで没する。

一九六三年
パオラ・マジーノが編纂した『長篇小説と短篇全集』全二巻が刊行される。

訳者あとがき

はじめてボンテンペッリの名前を知ったのは、竹山博英《ひろひで》編訳『現代イタリア幻想短篇集』（国書刊行会、一九八四～一九九五年）に収められた短篇「巡礼」だと思う。そこでパピーニ、パラッツェスキ、サヴィーニオ、ランドルフィ、マンガネッリ、マレルバらイタリア幻想文学に接した体験が、大学に入って二年目、週一回のイタリア語の授業に通いはじめたきっかけだったかもしれない。いまから三十年くらい前のことだ。当時は作家や作品の区別も考えないまま、イタリアにも幻想小説があるんだ、とぼんやり読んでいたようだ。

イタリア語はたいして上達しないままイタリア文学専攻を選んでしまい、せめて日本語で読めるものは読んでおかねばと、本屋をまわって目の前にある翻訳小説を読みだした。当時イタリア小説の翻訳はそれほど多くなく、書店では「その他外国」の棚に数冊並んでいるくらい。それでも原文を読む力がなかった学生にとって、翻訳はとても貴重でありがたい存在だった。

重厚長大なリアリズムより、風変わりな幻想小説や奇妙な物語が好みだったせいか、ときおり見かけたピランデッロやカルヴィーノ、ブッツァーティの作品を通して、イタリア小説の世界に少しずつ入っていった。『わが夢の女　ボンテンペルリ短篇集』（一九八八年、ちくま文庫）もそのころ出会った一冊だ。佐々木マキのイラストと「森一刀斎」こと森毅《つよし》先生の解説のおかげで、なんとなくボンテンペッリは「オシャレな」作家だと思いこんだ。実際、ナンセンスでシュールな短篇には、ほら話のような軽やかな魅力があった。

方向転換を重ねながら二十世紀前半の文学界を代表する存在となった作家の複雑な経歴や、ファシズムとのあいだの微妙な関係について考える余裕はまだなかったが、この作家には、そしてイタリア小説には、不思議な物語がまだありそうだと思ってうれしかったのを覚えている。

イタリア語で読んだ最初のボンテンペッリは、ジャンフランコ・コンティーニ編のアンソロジー『イタリア・マジカ』（一九八八年）にあった短篇「ニッタ」だ。イタリア二十世紀シュールレアリスム作家として、パラッツェスキ、ザヴァッティーニ、モラヴィアらと並んで最後に収められていた。少女が姿を消してしまう幻想譚で、どことなく重くて暗い印象を受けた気がする。

ルイス・キャロルの『鏡の国のアリス』と似た物語をボンテンペッリが書いていることを知ったのは、伊藤公雄『光の帝国／迷宮の革命　鏡のなかのイタリア』（一九九三年、青弓社）の冒頭だった。そのうち読んでみたい本として頭の片隅に残っていたのだと思う。セッレーリオ社の小さな叢書で手にした本書『鏡の前のチェス盤』は、期待していたとおりの不思議な小説だった。文章はシンプルであっても、子供向けのおとぎ話というより、空っぽの空間でのチェスの駒とマネキンがしゃべる哲学対話に感じられた。ボンテンペッリの初期作品に共通する語り手の「マッシモ」のとぼけた語り口は、児童文学らしからぬ皮肉とほのめかしにあふれていた。

その後、小説『強烈な生活』を論文のテーマに選んだのがきっかけで、ボンテンペッリを作家として意識して読むようになった。前衛小説から大衆小説までの幅広い物語、ピランデッロと未来派の影響を受けた戯曲や、雑誌「900（ノヴェチェント）」誌上の芸術論はどれも面白かった。未来派後の「秩序への回帰」と呼ばれる大戦間期のイタリア文化や、そしてファシズム体制に対する作家の受容と反抗に興味は広がった。

論文以来しばらくボンテンペッリから遠ざかっていたが、今回の翻訳にあたって調べてみると、小説から演劇の作品から「魔術的リアリズム」や「二十世紀主義」について、膨大な関連資料と多数の論文、研究書がイタリア国内外で出版されていることがわかった。今世紀になって複数の出版社から短篇・長篇が新版として刊行されていることから分かるように、現実と幻想が鏡合わせのように対峙するボンテンペッリの物語世界は、現代にも通じる不思議な魅力を備えている。

個人的には『鏡の前のチェス盤』は、挿絵画家にして作家、俳優、脚本家、漫画家というセルジョ・トーファノを知る貴重なきっかけでもあった。実をいうと、一九二二年の初版が挿絵付きだったことは知っていたものの、入手困難なこともあり、当初はあまり気にしていなかった。最近になって入手した英訳で挿絵を見て、カルヴィーノの『マルコヴァルド』の挿絵画家だと気がつき、近年アデルフィ社から再版されつつあるトーファノ作品に触れることができた。

イタリア語ではチェスの駒はそれぞれ王 re、女王 regina、塔 torre、アルフィエーレ alfiere、馬 cavallo、歩兵 pedone と表現され、日本でおなじみの英語表記（キング、クイーン、ルーク、ビショップ、ナイト、ポーン）とは異なる部分が生じる。ナイトは騎士ではなく馬であり、象を意味するペルシア・アラブを語源とするアルフィエーレは僧正《ビショップ》とはいえないが、分かりやすくするために英語を部分的に用いたことをお断りしておく。

今回の翻訳にあたって主にセッレーリオ版（一九九〇年）をテキストとして用いたが、ベンポラド版からトーファノのイラストを収録することができ、ボンテンペッリとトーファノの組み合わせを再現することができた。光文社翻訳編集部のご尽力に心から感謝する。

光文社古典新訳文庫

鏡《かがみ》の前《まえ》のチェス盤《ばん》

著者　ボンテンペッリ
訳者　橋本《はしもと》勝雄《かつお》

2017年7月20日　初版第1刷発行

発行者　田邉浩司
印刷　萩原印刷
製本　ナショナル製本

発行所　株式会社光文社
〒112-8011東京都文京区音羽1-16-6
電話　03（5395）8162（編集部）
03（5395）8116（書籍販売部）
03（5395）8125（業務部）
www.kobunsha.com

ISBN978-4-334-75357-3 Printed in Japan

いま、息をしている言葉で、もういちど古典を

長い年月をかけて世界中で読み継がれてきたのが古典です。奥の深い味わいある作品ばかりがそろっており、この「古典の森」に分け入ることは人生のもっとも大きな喜びであることに異論のある人はいないはずです。しかしながら、こんなに豊饒で魅力に満ちた古典を、なぜわたしたちはこれほどまで疎んじてきたのでしょうか。

ひとつには古臭い教養主義からの逃走だったのかもしれません。真面目に文学や思想を論じることは、ある種の権威化であるという思いから、その呪縛から逃れるために、教養そのものを否定しすぎてしまったのではないでしょうか。

いま、時代は大きな転換期を迎えています。まれに見るスピードで歴史が動いていくのを多くの人々が実感していると思います。

こんな時わたしたちを支え、導いてくれるものが古典なのです。「いま、息をしている言葉で」——光文社の古典新訳文庫は、さまよえる現代人の心の奥底まで届くような言葉で、古典を現代に蘇らせることを意図して創刊されました。気取らず、自由に、心の赴くままに、気軽に手に取って楽しめる古典作品を、新訳という光のもとに読者に届けていくこと。それがこの文庫の使命だとわたしたちは考えています。

このシリーズについてのご意見、ご感想、ご要望をハガキ、手紙、メール等で翻訳編集部までお寄せください。今後の企画の参考にさせていただきます。
メール　info@kotensinyaku.jp

光文社古典新訳文庫　好評既刊

月を見つけたチャウラ　ピランデッロ短篇集
ピランデッロ／関口 英子 訳

いわく言いがたい感動に包まれる表題作に、作家が作中の人物の悩みを聞く「登場人物の悲劇」など。ノーベル賞作家が、人生の真実を時に優しく時に辛辣に描く珠玉の十五篇。

猫とともに去りぬ
ロダーリ／関口 英子 訳

猫の半分が元・人間だってこと、ご存知でしたか？　ピアノを武器にするカウボーイなど、人類愛、反差別、自由の概念を織り込んだ、知的ファンタジー十六編を収録。

羊飼いの指輪　ファンタジーの練習帳
ロダーリ／関口 英子 訳

それぞれの物語には結末が三つあります。あなたはどれを選ぶ？　表題作ほか「魔法の小太鼓」「哀れな幽霊たち」「星へ向かうタクシー」ほか読者参加型の愉快な短篇全二十！

天使の蝶
プリーモ・レーヴィ／関口 英子 訳

アウシュビッツ体験を核に問題作を書き続け、ついに自死に至った作家の「本当に描きたかったもうひとつの世界」。化学、マシン、人間の神秘を綴った幻想短編集。（解説・堤 康徳）

薔薇とハナムグリ　シュルレアリスム・風刺短篇集
モラヴィア／関口 英子 訳

官能的な寓話「薔薇とハナムグリ」ほか、現実にはありえない世界をリアルに、悪意を孕む筆致で描くモラヴィアの傑作短篇15作。「読まねば恥辱」級の面白さ。本邦初訳多数。

光文社古典新訳文庫　好評既刊

夜間飛行
サン＝テグジュペリ
二木 麻里 訳

夜間郵便飛行の黎明期、航空郵便事業の確立をめざす不屈の社長と、悪天候と格闘するパイロット。命がけで使命を全うしようとする者の孤高の姿と美しい風景を詩情豊かに描く。

人間の大地
サン＝テグジュペリ
渋谷 豊 訳

パイロットとしてのキャリアを持つ著者が、駆け出しの日々、勇敢な僚友たちや人々との交流、自ら体験した極限状態などを、時に臨場感豊かに、時に哲学的に語る自伝的作品。

狭き門
ジッド
中条 省平
中条 志穂 訳

美しい従姉アリサに心惹かれるジェローム。相思相愛であることは周りも認めていたが、当のアリサは煮え切らない。ノーベル賞作家ジッドの美しく悲痛なラヴ・ストーリーを新訳で。

花のノートルダム
ジュネ
中条 省平 訳

都市の最底辺をさまよう犯罪者、同性愛者たちを神話的に描き、〈悪〉を〈聖なるもの〉に変えたジュネのデビュー作。超絶技巧の比喩を駆使した最高傑作が明解な訳文で甦る！

薔薇の奇跡
ジュネ
宇野 邦一 訳

監獄と少年院を舞台に、「薔薇」に譬えられる美しい囚人たちの暴力と肉体を赤裸々に描くことで聖性を発見する驚異の書。同性愛者であり泥棒でもあった作家ジュネの自伝的小説。

光文社古典新訳文庫　好評既刊

海に住む少女
シュペルヴィエル
永田 千奈 訳
大海原に浮かんでは消える、不思議な町の少女の秘密を描く表題作。ほかに「ノアの箱舟」、イエス誕生に立ち合った牛を描く「飼葉桶を囲む牛とロバ」など、ユニークな短編集。

ひとさらい
シュペルヴィエル
永田 千奈 訳
貧しい親に捨てられたり放置された子供たちをさらい自らの「家族」を築くビグア大佐。だが、とある少女を新たに迎えて以来、彼の「親心」は、それとは別の感情とせめぎ合うようになり……。

オンディーヌ
ジロドゥ
二木 麻里 訳
湖畔近くで暮らす漁師の養女オンディーヌは騎士ハンスと恋に落ちる。だが、彼女は人間ではなく、水の精だった—。「究極の愛」を描いたジロドゥ演劇の最高傑作。

赤と黒（上・下）
スタンダール
野崎 歓 訳
ナポレオン失脚後のフランス。貧しい家に育った青年ジュリヤン・ソレルは、金持ちへの反発と野心から、その美貌を武器に貴族のレナール夫人を誘惑するが…。

ムッシュー・アンチピリンの宣言
——ダダ宣言集
ツァラ
塚原 史 訳
20世紀初頭、「DADAは何も意味しない」のメッセージとともに世界に広がったダダ運動。この最も過激な「反芸術」運動のエッセンスを抜粋、21世紀のいまこそ再発見する。

光文社古典新訳文庫　好評既刊

アガタ／声
デュラス
コクトー
渡辺 守章 訳

記憶から紡いだ言葉で兄妹が〝近親相姦〟を語る『アガタ』。不在の男を相手に、電話越しに女が別れ話を語る『声』。「語り」の濃密さが鮮烈な印象を与える対話劇と独白劇。

マダム・エドワルダ／目玉の話
バタイユ
中条 省平 訳

私が出会った娼婦との戦慄に満ちた一夜の体験「マダム・エドワルダ」。球体への異様な嗜好を持つ少年と少女「目玉の話」。三島由紀夫が絶賛したエロチックな作品集。

グランド・ブルテーシュ奇譚
バルザック
宮下 志朗 訳

妻の不貞に気づいた貴族の起こす猟奇的な事件を描いた表題作、黄金に取り憑かれた男の生涯を追う自伝的作品「ファチーノ・カーネ」など、バルザックの人間観察眼が光る短編集。

赤い橋の殺人
バルバラ
亀谷 乃里 訳

貧しい生活から一転して、社交界の中心人物になったクレマン。だがある殺人事件の真相がサロンで語られると異様な動揺を示し始める……。19世紀の知られざる奇才の代表作、ついに本邦初訳！

消え去ったアルベルチーヌ
プルースト
高遠 弘美 訳

二十世紀最高の文学と評される『失われた時を求めて』の第六篇。著者が死の直前に大幅改編し、その遺志がもっとも生かされている〝最終版〟を本邦初訳！

光文社古典新訳文庫　好評既刊

失われた時を求めて　1〜5

第一篇「スワン家のほうへⅠ〜Ⅱ」
第二篇「花咲く乙女たちのかげにⅠ〜Ⅱ」
第三篇「ゲルマントのほうⅠ」

プルースト
高遠　弘美　訳

深い思索と感覚的表現のみごとさで二十世紀文学の最高峰と評される大作がついに登場！豊潤な訳文で、プルーストのみずみずしい世界が甦る、個人全訳の決定版！〈全14巻〉

狂気の愛

ブルトン
海老坂　武　訳

難解で詩的な表現をとりながら、美とエロス、美的感動と愛の感動を結びつけていく思考実験。シュールレアリスムの中心的存在、ブルトンの伝説の傑作が甦った！

感情教育（上・下）

フローベール
太田　浩一　訳

二月革命前夜の19世紀パリ。人妻への一途な想いと高級娼婦との官能的恋愛の間で揺れる優柔不断な青年フレデリック。多感で夢見がちに生きる青年の姿を激動する時代と共に描いた傑作長篇。

ポールとヴィルジニー

ベルナルダン・ド・サン＝ピエール
鈴木　雅生　訳

あのナポレオンも愛読した19世紀フランスの大ベストセラー！　インド洋に浮かぶ絶海の孤島で心優しく育った幼なじみの悲恋を描き、フランス人が熱狂した「純愛物語」！

愚者が出てくる、城寨が見える

マンシェット
中条　省平　訳

大金持ちの企業家アルトグの甥であるペテールの世話係となったジュリー。ペテールとともにギャングに誘拐されるが、殺人と破壊の限りを尽くして逃亡する。暗黒小説の最高傑作！

光文社古典新訳文庫　好評既刊

ロレンザッチョ
ミュッセ
渡辺 守章 訳

メディチ家の暴君アレクサンドルとその腹心で主君の暗殺を企てるロレンゾ。二人の若者の間に交錯する権力とエロス。16世紀フィレンツェで実際に起きた暗殺事件を描くミュッセの代表作。

シラノ・ド・ベルジュラック
ロスタン
渡辺 守章 訳

ガスコンの青年隊シラノは詩人にして心優しい剣士だが、生まれついての大鼻の持ち主。従妹のロクサーヌに密かに想いをよせるが…。最も人気の高いフランスの傑作戯曲！

女の一生
モーパッサン
永田 千奈 訳

男爵家の一人娘に生まれ何不自由なく育ったジャンヌ。彼女にとって夢が次々と実現していくのが人生であるはずだったのだが……。過酷な現実を生きる女性をリアルに描いた傑作。

肉体の悪魔
ラディゲ
中条 省平 訳

パリの学校に通う十五歳の「僕」と十九歳の美しい人妻マルト。二人は年齢の差を超えて愛し合うが、マルトの妊娠が判明したことから、二人の愛は破滅の道を…。

クレーヴの奥方
ラファイエット夫人
永田 千奈 訳

恋を知らぬまま人妻となったクレーヴ夫人は、舞踏会で出会った輝くばかりの貴公子に心をときめかすのだが……。あえて貞淑であり続けようとした女性心理を描き出す。

光文社古典新訳文庫　好評既刊

消しゴム
ロブ=グリエ
中条　省平　訳

奇妙な殺人事件の真相を探るべく馴染みのない街にやってきた捜査官ヴァラス。人々の曖昧な証言に翻弄され、事件は驚くべき結末に。文学界に衝撃を与えたヌーヴォー・ロマン代表作。

地底旅行
ヴェルヌ
高野　優　訳

謎の暗号文を苦心のすえ解読したリーデンブロック教授と甥の助手アクセル。二人はガイドのハンスとともに地球の中心へと旅に出る。そこで目にしたものは……。臨場感あふれる新訳。

笑い
ベルクソン
増田　靖彦　訳

「笑い」を引き起こす「おかしさ」はどこから生まれるのか。形や動きのおかしさから、情況や言葉、性格のおかしさへと、ベルクソンが「笑い」のツボを哲学する。独創性あふれる思考の営み！

脂肪の塊／ロンドリ姉妹
モーパッサン傑作選
モーパッサン
太田　浩一　訳

人間のもつ醜いエゴイズム、好色さを描いた「脂肪の塊」と、イタリア旅行で出会った娘との思い出を綴った「ロンドリ姉妹」。ほか初期作品から選んだ中・短篇集第1弾。（全10篇）

ゴリオ爺さん
バルザック
中村　佳子　訳

出世の野心溢れる学生ラスティニャックが、場末の安下宿と華やかな社交界とで目撃するパリ社会の真実とは？　画期的な新訳で贈るバルザックの代表作。（解説・宮下志朗）

光文社古典新訳文庫　好評既刊

オリヴィエ・ベカイユの死／呪われた家　ゾラ傑作短篇集
ゾラ
國分俊宏 訳

完全に意識はあるが肉体が動かず、周囲に死んだと思われた男の視点から綴る「オリヴィエ・ベカイユの死」など、稀代のストーリーテラーとしてのゾラの才能が凝縮された珠玉の5篇を収録。

カンディード
ヴォルテール
斉藤悦則 訳

楽園のような故郷を追放された若者カンディード。恩師の「すべては最善である」の教えを胸に度重なる災難に立ち向かう……。「リスボン大震災に寄せる詩」を本邦初の完全訳で収録！

オペラ座の怪人
ガストン・ルルー
平岡敦 訳

パリのオペラ座の舞台裏で道具係が謎の縊死体で発見された。次々と起こる奇怪な事件に、迷宮のようなオペラ座に棲みつく「怪人」の関与が囁かれる。フランスを代表する怪奇ミステリー。

ピノッキオの冒険
カルロ・コッローディ
大岡玲 訳

一本の棒っきれから作られた少年ピノッキオは周囲の大人を裏切り、騒動に次ぐ騒動を巻き起こす。アニメや絵本とは異なる〝トラブルメーカー〟という真の姿がよみがえる鮮烈な新訳。

にんじん
ルナール
中条省平 訳

母親からの心ない仕打ちにもめげず、少年は自分と向き合ったりユーモアを発揮したりしながら、日々をやり過ごし、大人になっていく。断章を重ねて綴られた成長物語の傑作。

★続刊

ナルニア国物語⑤ ドーン・トレッダー号の航海　C・S・ルイス／土屋京子・訳

いとこのユースティスの家にあった船の絵を見ているうちに、ナルニアの海へと放り出されたエドマンドとスーザン。彼らを救出したのは、カスピアン王が指揮を執るドーン・トレッダー号だった。東の海を目指し、めくるめく冒険が始まる！

君主論　マキャヴェッリ／森川辰文・訳

ルネサンス期、フィレンツェ共和国の官僚として実務を担ったマキャヴェッリが、豊富な経験と歴史的な考察をもとに、国を統治する君主はどうあるべきか、その権力をどのように維持、伸長すべきかを進言した政治思想における最も重要な古典。

ヒューマン・コメディ　サローヤン／小川敏子・訳

第二次世界大戦中、カリフォルニア州イサカのマコーリー家では父が死に、長兄も出征し、一四歳のホーマーが電報配達をして家計を助けている。家族や町の人々との触れあいの中で成長する少年の姿を描いた、可笑《おか》しくて切ない長篇小説。